솔직하게 흔들리는 꼬리처럼
사랑을 담아, 송희구

나의 똑똑한 강아지

나의 똑똑한 강아지

송희구 지음

서三삼독

반려동물을 사랑하는 모든 분에게
이 책을 바칩니다.

차례

*　*　*

이 글은 인간이 쓴 글이 아니다. 이 세상에서 가장 똑똑한 생명체인 '개'를 대표하여 이 몸이 겪었던 일을 직접 기록한 것이다.

인간들은 자신이 반려동물의 주인이라고 생각하지만, 사실이 아니다. 전략과 전술에 능한 우리가 인간들을 원하는 대로 조종하고 있다. 그러니 이 글을 읽고 너희 인간들은 너무 놀라지 않기를 바란다.

지금부터 내가 들려줄 이야기는 전부 사실이다. 조금 이상할 수도 있고 웃길 수도 있지만 모두 진실이다.

자, 이제 똑똑한 강아지인 나의 이야기를 시작한다.

인간들은 행복을 찾겠다며 여기저기 헤매고 다니지만

우리 똑똑한 강아지들은 행복해지는 방법을 잘 알고 있다.

간식만 먹어도 행복하고,

차 안에서 창밖으로 머리만 빼꼼 내밀어도 행복하고,

졸음이 스르르 오는 순간도 행복하고,

청소도 할 겸 바닥에 떨어진

과자 부스러기를 먹어 치울 때도 행복하다.

수주와 할아버지

위이이이잉!

오늘도 시끄럽다. 나무 냄새가 강하게 나고 페인트 냄새가 코끝을 파고든다. 이 두 가지 냄새가 동시에 나는 물건을 사람들은 '가구'라고 부른다. 내가 살고 있는 이곳에서는 두 가지 냄새를 합쳐서 가구를 만든다. 공간 전체가 가구 냄새로 가득 차 있다.

나는 후각이 매우 예민하다. 눈으로 보는 것보다 혀로 맛보는 것보다 코로 냄새를 맡는 능력이 압도적으로 뛰어나다. 발달한 후각으로 무엇이든 찾아내고 알아낸다. 냄새만으로도 상대의 감정을 알 수 있을 정도다! 나와 함께 사는 두 인간은 온몸으로 나를 좋아하는 티를 낸다. 홋, 내가 좀 그렇다. 이들에게서는 가구 냄새와 몇 가지 냄새, 그리고 나를 향한 호감의 냄새가 물씬 풍긴다. 나는 언제 어디에서든 이 두 인간을 다른 인간들과 구별할 수 있다.

내가 먹는 밥은 '로얄캐닌'이다. 한번은 여자 인간이 유기농이라며 부어 준 밥을 먹은 적이 있다. 맛은 매우 좋았지만, 먹고 나서 종일 배가 부글거려서 꽤나 고생을 했다. 그다음부터 밥그릇에는 로얄캐닌만 나온다. 아무래도 죽을 때까지 이것만 먹을 것 같다.

그래도 나이 든 인간이 식탁 밑으로 슬쩍 던져 주는 수박 한 조각이 있다. 여자 인간은 나이 든 인간에게 "강아지는 인간 음식을 먹으면 안 된다"라고 했다. 정확하지는 않지만 그런 의미인 것 같았다. 그 후로는 나이 든 인간이 여자 인간 몰래 먹을 것을 준다.

인간들은 가끔 나를 불쌍하다는 눈길로 바라본다. 자기가 먹던 음식을 줘야 하나 말아야 하나 갈등하는 것이 보인다. 하지만 나는 그렇게 딱한 존재가 아니다. 주면 고맙지만 안 줘도 상관없다. 강아지는 지구에서 가장 위대하고 용맹한 최상위 계급이기 때문이다.

"할아버지, 나또에게 사람이 먹는 음식은 절대 주시면 안 돼요."

"응, 알았어."

이런 대화를 듣고 나니 오히려 식탁 위의 음식 냄새가 더 강하게 코를 찔렀다. 하지만 내가 누구인가. 타고난 총명함과 지

혜가 있는 강아지가 아닌가. 그들은 스스로 나에게 음식을 줄수밖에 없다.

두 사람이 식사를 시작하자마자 나는 나이 든 인간의 발아래에 앉아 물끄러미 위를 올려다본다. 나를 쳐다보든 말든 계속 올려다본다. 내가 시야 안에 있는 이상 자신도 모르게 의식하게 되기 때문이다. 나이 든 인간이 혼자만 먹고 있다는 데 죄책감을 느낄 때쯤 다음 스텝으로 넘어간다.

몸을 일으켜 왼쪽 앞발을 나이 든 인간 무릎에 살포시 올려놓는다. 한 발만 올리는 게 중요하다. 더 애처로워 보인다. 나이 든 인간은 한 발을 올린 채 가엾은 표정을 짓고 있는 나의 머리와 목덜미를 쓰다듬는다. 그렇게 자신의 죄책감을 나를 예뻐해 주는 표현으로 상쇄시킨다. 후후, 이미 반쯤 넘어왔다. 여기서부터는 인간의 근원적 감성을 자극할 만한 연기가 필요하다.

올렸던 왼발을 내리고 뒤돌아서 터벅터벅 걸어간다. 쓸쓸해 보이는 것이 포인트다. 인간은 쓸쓸한 뒷모습에 무너지는 경향이 있다. 나이 든 인간은 내 뒷모습을 보고 '너무 미안하고 안됐어. 내가 저 강아지의 주인 자격이 있기는 한 걸까?'라고 생각했을 것이다. 두 번째 작전은 그다음 식사 시간으로 이어진다.

이번에는 나이 든 인간의 발등을 베개 삼아 눕는다. 동시에 나이 든 인간과 눈을 맞춘다. 눈을 치켜뜨면서 흰자가 살짝 보여야 인간들의 마음이 더 흔들린다. '기대는 안 하지만 혹시나 해서 쳐다보는 거예요'라는 메시지를 눈빛으로 전달한다. 이때 주의할 것은 왈왈 짖거나 여기저기 뛰어다니는 행동을 해서는 안 된다는 점이다. 무기력하고 축 처진 분위기를 연출해야 한다.

나이 든 인간의 눈은 식탁 위의 반찬을 향해 있고 입은 밥알을 씹어 삼키고 있지만, 모든 신경은 나에게 쏠려 있음이 분명했다. '얼마나 먹고 싶을까? 설마 겨우 한 조각에 문제가 생기진 않겠지? 세상에서 가장 귀여운 우리 나또가 이렇게 간절히 원하는데 그것을 무시하는 나는 무자비한 인간인가?' 그의 눈빛만 봐도 생각을 읽을 수 있다.

툭. 나이 든 인간은 '실수'로 고기 한 점을 떨어뜨렸다. 드디어 그의 마음이 열렸다! 나는 앞발로 고기를 잡고 끌어당겨 입안으로 삼켰다. 조용하고 빠르게. 행여나 이성을 잃고 쩝쩝 소리를 낸다면 여자 인간이 "뱉어!"라고 소리치며 빼앗아 갈 수 있기 때문이다.

나이 든 인간의 얼굴에 만족감이 가득하다. 자기와 호흡이 척척 맞는다며 뿌듯해하는 것이 확실하다. 그렇게 우리 둘만의 비밀 작전이 완성되는 순간이다.

우리 강아지들은 겉으로만 보면 인간에게 복종하는 것처럼 보이지만, 사실은 정반대다. 우리보다 조금 덜 똑똑한 인간들의 이성과 감정을 교묘하게 이용하며 쥐고 흔들고 있다.

같이 사는 여자 인간의 이름은 수주. 같이 사는 나이 든 인간의 이름은 할아버지. 수주는 나이 든 인간을 할아버지라고 부르고, 할아버지는 그녀를 수주라고 부른다. 누가 가르쳐 주지 않아도 나는 이렇게 이름을 하나씩 터득한다. 내가 생각해도 나는 똑똑한 것 같다.

수주는 나를 '나또'라고 부른다. 왜 나또인지는 모르겠다. 나는 이름 욕심이 없다. 누가 뭐라 부르든 상관없다. 그런데 '나또'라는 이름은 그냥저냥 마음에 든다. 수주가 나를 부를 때 상냥하게 "나또~"라고 불러서 그런 것 같다.

그런데 헷갈리는 게 하나 있다. 어떨 때는 '나또'라고 부르고 어떨 때는 '나또야'라고 부른다는 점이다. 나는 처음에 인간들이 말끝에 '야'를 붙이는 건 화가 나서라고 생각했다. 인간들은 보통 화가 나면 "야!"라고 소리를 지르기 때문이다.

내가 이 집에 온 지 얼마 되지 않아 노란색 구두를 우걱우걱 씹어 먹은 적이 있다. 신발장에서 반짝반짝 광이 나는 구두가 인간들이 먹는 매끈한 사탕처럼 맛있어 보였다. 질겼지만 씹는 맛이 일품이었다. 외출했다가 돌아온 수주가 이 모습을 보고는 "야아아아아아아!"라고 소리를 지른 적이 있다. 그때 '야'라는 단어가 혼자 쓰일 수 있다는 걸 처음 알았다. 이름 뒤에 붙는 '야'는 다정한 것이고, '야'만 크게 말하면 화가 난 것이다.

나는 인간의 말을 알아듣는다. 기본적으로 모든 개는 열 개 정도의 단어를 알고 있다. 기다려, 앉아, 하지 마, 착하지, 산책, 안 돼, 간식, 목욕…… . 나는 이보다 훨씬 더 많은 단어를 이해한다. 문장의 흐름, 단어와 단어의 조합, 속담과 고사성어까지 습득하게 될 줄은 나도 몰랐다.

믿기 어려울 수도 있는데 더 놀라운 사실은 인간의 말을 할 줄 안다는 것이다. 아주 드물긴 하지만 특정 인간과는 대화도 할 수 있다. 그 기준이 뭐냐고? 글쎄, 그건 나도 잘 모르겠다. 좋은…… 사람? 동물을 사랑하는 사람? 주파수가 맞는 사람? 아직 답을 찾지 못했다.

어떻게 인간의 언어를 학습했냐 하면 텔레비전이다. 나는 텔레비전을 좋아한다. 한번은 드라마를 몰입해서 보다가 화면으로 돌진하는 바람에 텔레비전이 내 쪽으로 넘어져 꼬리를 덮친 적도 있다. 남녀가 알콩달콩 연애하는 모습을 볼 때는 내 마음에 봄바람이 불었다. 자동차로 추격하는 액션 장면을 볼 때는 발바닥에 땀이 났다. 어떤 드라마는 졸린데도 너무 재미있어서 감기는 눈을 억지로 부릅뜨다가 눈물이 났다. 그래서 눈 주위 털이 종종 뭉쳐 있다. 이런 땀과 눈물의 조합은 나의 엄청난 능력을 만들어 냈다.

솔직히 이 근거도 추측일 뿐 정확하지는 않다. 어쩌면 같이 사는 인간들의 대화를 매일같이 열심히 귀 기울여 들어서일 수도 있다. "서당 개 삼 년이면 풍월을 읊는다"는 틀린 말이 아니다. 그런데 이런 능력은 어느 날, 어느 순간 갑자기 생긴 것이라 수주와 할아버지에겐 아직 밝히지 않았다. 강아지가 말을 한다면 얼마나 놀라 까무러치겠는가. 다른 중요한 이유도 있다. 인간어를 할 줄 아는 것을 걸렸다가는 책상과 의자에 나를 묶어 두고 책 읽기, 받아쓰기, 일기 쓰기, 덧셈과 뺄셈 같은 훈련을 시킬지도 모르고, 심지어 인간들조차 싫어하는 중간고사와 기말고사까지 보게 할지 모른다! 내 앞발로는 연필도 못 잡는데…… 으아 상상만 해도 끔찍하다.

차라리 말을 안 하면서 내가 듣고 싶은 것만 듣고, 듣기 싫은 것은 못 알아들은 척하고 무시해 버리는 게 속 편하다. 사실은 나 말고도 인간어를 할 줄 아는 동물들이 전국 각지에 여기저기 있는 것으로 알고 있다. 인간들만 그 사실을 모를 뿐이다.

수주와 할아버지는 나를 좋아한다. 물론 나도 수주와 할아버지를 좋아한다. 수주는 나를 갑자기 번쩍 들어 올려서는 눈을 마주치며 정겨운 어조로 말을 건넨다. 그리고 나의 머리와 귀, 발바닥에 코를 갖다 댄 채 크게 숨을 들이마시고는 만족스러운 표정을 짓는다. 그때마다 내 마음속에서는 폭풍 같은 사랑의 감정이 휘몰아친다.

할아버지는 나를 배 위에 올려놓고 자기도 한다. 나는 작은 강아지가 아니다. 무려 5킬로그램이 넘는데도 무겁지 않은가 보다. 나도 할아버지의 배 위가 싫지는 않다. 할아버지의 배는 오르락내리락하면서 잠이 솔솔 오게 하는 신기한 장소다. 무릉도원이다.

할아버지가 입는 옷에는 가구 냄새가 진하게 배어 있다. 멀리서 얼핏 맡으면 할아버지인지 가구인지 헷갈릴 정도다. 수주의 손에서도 나무와 연장 냄새가 섞인 가구 냄새가 나지만 수주만의 살냄새가 더해져 내 기분을 더 좋게 한다.

수주와 할아버지는 겨울이든 여름이든 늘 나와 함께 있다. 겨울에는 내가 따뜻하다면서 핫팩인 것마냥 꼭 껴안고 있고, 여름에는 선풍기 앞에 나란히 앉는다. 선풍기가 만들어 주는 바람 앞에서 할아버지의 하얗고 풍성한 머리카락이 날리고, 수주의 찰랑찰랑한 검은 머리가 날리고, 나의 우아한 황금색 털이 날린다. 여기서 날린다는 뜻은 털이 빠진다는 뜻이 아니고 팔랑거린다는 뜻이다.

이렇게 하루하루 반복되는 날들이 행복하다. 우리 강아지들이 인간보다 또 하나 나은 점이 있다면 지나간 일에 집착하기보다는 앞으로 다가올 기쁨에 대한 기대가 더 크다는 것이다. 인간들은 행복을 찾겠다며 여기저기 헤매고 다니지만 우리 똑똑한 강아지들은 행복해지는 방법을 잘 알고 있다. 간식만 먹어도 행복하고, 차 안에서 창밖으로 머리만 빼꼼 내밀어도 행복하고, 졸음이 스르르 오는 순간도 행복하고, 청소도 할 겸 바닥에 떨어진 과자 부스러기를 먹어 치울 때도 행복하다. 무엇보다도 나를 사랑해 주는 인간들에게 내킬 때마다 사랑을 표현할 때가 가장 행복하다.

주로 나를 산책시키는 인간은 수주다. 밖에는 다양한 외모의 강아지들이 있다. 피노키오처럼 코가 쑥 나온 놈, 프라이팬으로 한 대 콱 맞은 것처럼 코가 납작한 놈, 규칙도 없이 얼룩덜룩한 털로 뒤덮인 놈들은 그럭저럭 괜찮은 편이다. 그러나 털은 하얗지만 안 씻었는지 거무튀튀한 놈, 눈가에 눈곱 자국이 가득한 놈, 어울리지도 않게 인간들이나 하는 머리핀을 꽂은 놈, 요상한 옷을 입고 뽐내는 놈들은 정말이지 볼수록 별로다. 후후, 아무리 둘러봐도 내가 제일 잘생겼다.

수주는 산책하다 말고 가끔은 놀이터에 가서 미끄럼틀을 태운다. 내가 미끄럼틀을 좋아한다고 생각하는 것 같다. 미끄러질 때 느껴지는 가슴 아래쪽의 서늘함을 인간들은 좋아할지 몰라도 나는 싫다. 오장육부가 빠져나가는 느낌이다. 그만 타고 싶다는 신호를 보내도 계속 위로 데려가 나를 내려놓는다. 그러고는 미끄러져 내려오는 내 모습을 보며 깔깔거린다.

요즘은 산책에 살짝 흥미가 떨어진 게 사실이다. 수주 몰래 먹던 음식 부스러기들도 비슷한 맛이고, 산책에서 만나는 예쁜 강아지들 냄새도 거기서 거기다. 덩치 큰 녀석들도 예전에는 겁을 먹고 피했지만 지금은 무섭지 않다. 더 이상 신기한 게 없다.

그래도 나는 여전히 '산책'이라는 단어를 좋아한다. 내가 산책을 좋아하는 게 아니다. 수주는 운동이라는 걸 전혀 하지 않기 때문에 내가 산책을 가줘야만 그제야 몸을 움직인다. 다시 말해 그녀가 나를 산책시켜 주는 게 아니라 이 몸이 그녀를 운동시켜 주는 것이다.

매번 느끼는 건데 인간들의 걸음걸이는 불안불안하다. 두 다리로 어정쩡하게 걷기 때문에 조금만 한눈을 팔아도 어딘가에 걸려 넘어지기 일쑤다. 그러고 보면 아기 인간들이 더 똑똑하다. 우리 강아지들처럼 네 발로 걷기 때문이다. 하지만 아기 인간들도 네 발로 걷기를 포기하고 두 발로 걷기 시작하는 때가 온다. 혹시나 네 발로 걷는 인간들이 있나 둘러보아도 역시나 없다. 인간들은 자신들이 가장 똑똑하다고 믿지만 허술하기 짝이 없다. 걸음걸이만 봐도 이것저것 비교해 볼 필요 없이 우리 강아지들이 더 똑똑하다.

나는 눈보다 비가 더 좋다. 비가 내리는 날의 축축한 냄새는 해가 쨍쨍한 날의 냄새와는 다르다. 물방울들이 하늘의 냄새를 끌고 내려와 땅에 있는 나무, 흙, 풀과 뒤섞여 만들어 내는 새로운 냄새는 나의 후각 세포를 자극한다. 그렇지만 비를 맞는 건 싫다. 비에 푹 젖으면 복슬복슬한 털이 바닥을 향해 축 처진다. 자존심도 바닥으로 처진다. 털도 자존심도 축 처져 버린 볼품없는 개가 되고 만다.

그럴 땐 나를 놀리는 듯한 자세로 혼자서 유유자적 돌아다니는 저 로봇청소기를 한 대 때려 주고 싶다. 처음에는 살아 있는 녀석인 줄 알고 기겁했지만 요즘은 그 위에서 낮잠도 잔다. 결국 내가 이겼다는 소리다. 로봇청소기가 자기 보금자리를 찾아 들어가면 나도 내 자리를 찾아간다.

밤에 잘 때는 주로 수주의 다리 언저리에 누워 있지만, 낮에는 도톰한 수건 위에 눕는다. 원래 화장실 앞에 깔려 있었는데 내가 위치를 바꿔 놓았다. 수주와 할아버지가 일하는 곳이 잘 보이면서도 고개만 돌리면 거실까지 훤히 보이는 전략적인 위치다. 거실을 주시해야 하는 이유는 밥그릇이 그쪽에 있기 때문이다.

수건 위에 드러누워 밖의 수주를 내다보며 질겅질겅 개껌을 씹는 맛은 아주 일품이다. 크기가 조금 큰 개껌은 앞발로 꽉 잡고 고정해 먹는데 그 모습을 보고 수주는 귀엽다며 막 웃는다. 뭐가 귀엽다는 건지 잘 이해되지 않는다. 하여튼 인간들은 나의 사소한 행동 하나하나가 귀엽다며 사진을 찍어 댄다. 한 장만 찍는 게 아니라 여러 장을 찍는다. 그것을 다른 사람들에게 보여 주기도 한단다. 인스타…… 뭐였는데. 나의 사생활을 남들에게 보여 주다니 조금 언짢긴 하지만 나로 인해 그녀가 우쭐한 기분을 느낀다면 거부하지는 않겠다.

어리숙한 인간들은 기계라는 것에 점점 의존하고 있다. 특히 핸드폰이 없으면 날짜도 모르고 시간도 모른다. 나는 냄새만으로도 시간을 알 수 있다. 수주와 내가 같이 자는 동안 방안이 수주의 냄새로 가득 차면 아침이 다가오고, 집 안에 수주의 냄새가 거의 다 없어져 갈 때면 밖에 나갔던 수주가 집으로 돌아온다. 저녁이라는 뜻이다. 그때가 되면 늘어져 있던 이 몸을 일으켜 다소곳이 앉아 기다린다. 그러면 "어머! 하루종일 기다렸어?" 하면서 미안해하고 고마워하며 예뻐해 준다. 이렇게 쉬운 시간의 흐름을 인간들은 눈으로 일일이 확인해야 안다.

어느 날은 산책도 안 가고 핸드폰만 보고 있는 수주를 골탕 먹이기 위해 핸드폰을 침대 밑에 숨겨 버렸다. 나는 냄새로 핸드폰이 어디 있는지 쉽게 찾을 수 있지만 인간의 둔한 후각으로는 어림도 없으니 절대 못 찾을 거라 생각했다. 그런데…… 아니었다.

"할아버지, 저한테 전화 한번 걸어 주세요"라고 말하자 얼마 뒤에 벨소리가 울렸고 수주는 금방 핸드폰을 찾았다. 흠, 정확히 어떤 원리인지 이해되지 않아 한동안 혼란스러웠다. 혹시 인간이라는 종족이 강아지보다 더 똑똑한 걸까? 에잇, 설마. 그럴 리가 없다.

너무 내 자랑만 하는 것 같아서 부끄럽지만 그중에서도 내가 가장 잘하는 것은 숨어 있다가 놀래 주기이다. 장롱 안에 숨기도 하고 침대 밑에 숨기도 한다. 매일같이 숨어 있다 보니 이제는 내가 보이지 않아도 찾지 않는다. 타이밍 잘 맞춰서 놀라게 해 줘도 더 이상 놀라는 척도 하지 않는다. 뜨뜻미지근한 반응에 재미가 조금 떨어져서 하루에 세 번씩 하다가 이틀에

한 번으로 빈도를 낮췄다. 어디에 숨어서 언제 어떻게 놀라게 해 줘야 진짜로 깜짝 놀랄지 연구하는 재미도 쏠쏠하다.

오늘은 이사하는 날이다. 내가 살 곳은 내가 정해야 하는데 인간에 의해 정해진다는 게 조금 자존심 상한다. 수주 말에 의하면 지금 사는 서울에서 한참 떨어진 도시로 간다고 한다. 도시의 이름은 확실히 기억은 안 나지만 '브산'인지 '부산'인지 '보산'인지 암튼 'ㅂ' 다음에 '산' 자가 들어갔다.

오랜만에 코끼리를 탄다. 코끼리 운전은 할아버지가 하고, 옆자리에는 수주와 내가 앉는다. 창문 유리가 쓱 내려간다. 킁 킁. 세상의 냄새를 맡아 본다. 바람이 획 불며 다양한 냄새가 콧속으로 쏟아져 들어온다. 취! 취! 재채기를 시원하게 두 번 한다. 혀도 길게 내밀어 본다. 입안으로 시원한 공기가 불쑥 들어온다. 공기는 수주와 같다. 없어서는 안 된다는 뜻이다. 나의 전부라는 뜻이다.

걸어가는 개들이 보인다. '코끼리를 타고 가는 내가 부럽지?'라는 의미로 왈왈 짖는다. 어떤 개는 내가 너무 부러운지 같이 짖는다. 어떤 개는 부러움을 티 내지 않으려고 못 들은 척한다. 흥, 못 들은 척해 봐야 소용없지. 부러운 건 부러운 거지. 너도 같이 사는 인간에게 태워 달라고 하렴. 그렇게 우월감에 젖은 채 도시의 냄새를 맡는다.

높은 건물들이 없어지고 낮은 집들만 보이는 풍경으로 바뀐다. 하늘이 이렇게 넓었나 싶을 정도로 잘 보인다.

쿵쿵. 멋진 냄새, 근사한 냄새가 난다. 콧구멍을 크게 벌려 깊게 숨을 들이쉰다. 와, 이건 대체 무슨 냄새지? 너무 좋아! 냄새가 불어오는 방향 쪽을 자세히 보니 저 멀리 내 털 색깔과 비슷하면서 덩치는 커다랗고 느릿느릿한 동물이 고개를 숙이고 풀을 뜯어먹고 있다. 수주가 갑자기 인상을 쓰며 "소똥 냄새!"라고 말한 뒤 빠르게 창문을 올린다. 이 좋은 냄새를 왜 싫다고 하는지 모르겠다. 하여튼 인간들의 코는 이상하다.

코끼리는 빠른 속도로 달린다. 핸들 뒤쪽의 작은 텔레비전에서 80이라는 숫자가 점점 올라가더니 100까지 간다.

코끼리가 자동차라는 것쯤은 안다. 내가 어릴 적 자동차를 처음 봤을 때 코끼리처럼 크다고 느껴진 기억이 좋아서 코끼리라고 부르는 것뿐이다. 물론 살아 있는 코끼리를 실제로 본 적은 없다.

바깥의 경치들이 빠르게 지나간다. 눈동자만 돌려 수주를 한번 보고 할아버지를 쳐다본다. 할아버지는 항상 다정하지만 어딘지 모르게 슬픔의 덩어리를 가슴 한쪽에 품고 있는 것 같다.

수주는 나를 자기 얼굴 높이까지 들더니 발바닥을 자기 코에 갖다 댄다.

"음~ 꼬순내 너무 좋아!"

수주는 나의 발냄새를 좋아한다. 나도 수주의 발냄새를 좋아한다. 발은 걷는 데도 필요하지만 좋은 냄새를 풍기는 역할도 하는 중요한 부위다.

나를 다시 무릎 위에 내려놓고 머리와 귀 주변을 부드러우면서도 살짝 격하게 문지른다. 나를 귀여워해 줄 때 하는 표현이다. 그러다가 귀를 뒤쪽으로 접어 털과 함께 쭉 당긴다. 수주가 머리를 하나로 올려 묶을 때처럼 당기는 모양새라고 보면 된다. 내 머리도 묶으려고 당기는 건가? 여태까지 묶은 적은 없는 것으로 보아 그냥 당기는 것이다.

인간들은 '그냥'이라는 말을 입에 달고 산다. 특히 할 말이 없을 때 "그냥"이라고 한다. 나는 정확히 그게 무슨 뜻인지는 모른다. 인간들이 쓰니까 나도 따라 쓰는 것이다.

십 분이 지나고 이십 분이 지나자 수주는 어느새 고개를 기이한 각도로 꺾은 채 자고 있다. 불편해 보이지만 차에서는 저렇게 자는 게 편한가 보다.

수주가 졸기 시작하니 나도 졸리다. 우리는 늘 같은 시간에 자고 같은 시간에 깬다. 그녀가 자는 지금, 그녀의 손을 두어 번 핥고 그녀의 옷 속에 스며든 살냄새를 맡으며 잠이 든다.

"쉬었다 가자. 수주야, 나또야."

할아버지 목소리에 잠이 깬다. 도시에서 보기 힘든 광경이다. 주변에 아무것도 없다. 도착한 곳에는 낮고 길게 뻗은 거대한 집이 한 채 있다.

코끼리들이 대각선으로 서 있고, 인간들은 코끼리에서 내려 기지개를 켜기도 하고 손에 먹을 것을 들고 돌아다니기도 한다. 쿵쿵. 바깥에 음식 냄새가 가득하다. 할아버지가 먼저 내린다. 수주는 잠에서 덜 깬 듯 안전벨트만 풀고 미간을 찌푸린 채 눈을 감고 있다.

아! 여기서 놀라게 해 주면 어떨까? 나는 코끼리 밖으로 뛰어내린다. 어디에 숨어 있다가 놀라게 해 줄까? 오호, 저쪽에 큼직한 코끼리 뒷문이 열려 있다. "나또야, 어디 있어?" 하면서 나를 찾으러 다니겠지? 그때 내가 뿅 하고 나타나면 엄청 놀랄 거야. 생각만 해도 신난다. 히히히.

다른 코끼리들 사이사이를 통과해 큰 코끼리의 뒷문에 올라탄다. 상자가 많이 쌓여 있다. 상자와 상자 사이에 몸을 바짝 붙인다. 그렇게 1분이 흘렀다. 2분, 3분, 10분……. 멀리서 수주의 냄새가 난다. 히히히. 가까이 오면 만화 속 주인공처럼 '짠' 하고 나타나야지.

끼이이익. 철커덕.

그 순간 소리와 함께 빛이 점점 사라진다. 순식간에 아무것도 보이지 않는 암흑이 되어 버렸다. 틈과 틈 사이로 새어 들어오는 얇은 빛줄기조차 없다. 코끼리 문이 닫혔다. 갇힌 건가?

부르르르릉. 이건 코끼리들이 출발하기 전에 심호흡하는 소리다. 나의 통통한 발바닥에서 진동이 느껴진다. 움직인다.

응? 움직여? 아, 안 돼! 큰 코끼리가 움직이기 시작한다. 수주와 할아버지 냄새가 흐려진다. 떡볶이, 어묵, 호두과자, 라면 냄새도 흐려진다. 멀어지고 있다. 큰일이다. 어떻게 해야 하지? 어디로 가는 거지?

쿵쿵. 쿵쿵. 온통 상자 냄새뿐이다. 어느 쪽에 문이 있는지도 모르겠다. 진정해. 진정해. 나는 똑똑한 강아지니까. 숨을 고른다. 현실을 직시하자. 일단 상황은 벌어졌고 뒤로 감기 버튼은 없다. 되돌아갈 수 없다.

짖어 본다. 왈왈! 왈왈! 나의 목소리는 바깥으로 퍼져 나가지 않고 벽에 부딪혀 나에게로 되돌아온다. 계속 짖어 보지만 소용없다. 목이 아프다. 더 이상 짖을 수가 없다. 지금 상황에서 뭘 할 수 있는지 생각해 본다. 주위를 둘러본다. 눈을 뜨고 있어도 감고 있는 것과 다르지 않을 만큼 깜깜하다. 나는 어디로 가는 걸까. 나는 어떻게 되는 걸까. 제발 수주에게서 너무 멀리 떨어지지 않기를.

"근데 너는 어디로 가는 거야?"

이 인간 또 호구조사 시작한다.

인간들의 전형적인 특징이다.

처음 보는 인간한테 하듯이 처음 보는 강아지한테 별걸 다 물어본다.

어디 사는지, 무슨 일을 하는지, 몇 살인지……

어휴. 그래, 소시지도 줬으니 까짓것 얘기해 주지.

파란 모자 인간

아, 깜빡 잠들었다. 어디쯤 지나고 있을까. 이 코끼리는 어디로 가는 걸까. 코끼리의 속도가 점점 느려지는 게 느껴진다. 진동도 없어졌다. 도착한 건가.

끼이이익. 문이 열린다. 환한 빛이 들어온다. 신선한 공기가 에워싼다. 침대 밑보다 어두웠던 공간이 밝아진다. 갑작스러운 빛에 눈이 부시다. 파란 모자를 쓴 남자 인간이 나를 빤히 쳐다본다.

"어? 강아지네?"

나는 약간 놀라서 아무 대답도 하지 않는다. 의외로 파란 모자 인간은 아무렇지 않게 나에게 묻는다.

"넌 이름이 뭐니?"

"난 이름 없어."

낯선 생명체에게는 내 이름을 절대 알려 주지 않는다. 잠깐만…… 그러고 보니 뜨앗, 인간어를 해 버렸다. 어떡하지……. 어쩔 수 없다. 수주와 할아버지를 찾아야 하니까. 쿵쿵. 좋은 사람 냄새가 난다. 다행이다. 이 파란 모자 인간은 왠지 안심이 된다. 말하는 동물을 봤다고 여기저기 떠벌리고 다니거나 나에게 공부를 시킬 것 같지는 않다.

"그래? 그럼 내가 나중에 멋진 이름을 붙여 줄게. 나는 포항으로 가는 길이야. 여기는 대전인데 물건을 일부 내려야 해서 들렀어."

그런데 신기하다. 내가 말을 했음에도 전혀 놀라는 기색이 없다.

"……."

"여긴 어떻게 들어왔어?"

"나도 몰라. 지나가다가 들어왔는데……."

"여기를? 하하."

"……."

수주를 놀라게 해 주려고 숨어 있다가 갇힌 거라고 말하고 싶지 않다.

"말 안 해도 돼. 말하기 싫은 게 있을 수 있지. 거기 그러고 있지 말고 내 옆자리에 타."

그는 나를 번쩍 들어다가 자신의 오른쪽 의자에 앉힌다. 나를 이렇게 쉽게 들다니 힘이 센 것 같다. 하기야 이렇게 큰 코끼리를 움직이려면 힘이 세야겠지.

그는 상자를 몇 개 내려놓더니 다시 코끼리에 올라탄다. 할아버지가 타고 다니는 코끼리보다 훨씬 크고 높다. 앞 유리가 커서 시원하고 넓게 보인다.

쿠르르르릉. 다시 움직인다.

"너 이름, 정말 없어?"

"없어."

"나랑 같이 살던 강아지 이름은 쿠키였어. 색깔이 초콜릿 쿠키 색깔이었거든."

"……."

"지금은 하늘나라에 있어. 아직도 매일매일 생각해."

"……."

"누군가 내 소원을 들어준다면 쿠키를 내 옆에 태우고 일주일 동안 전국을 돌아다니면서 추억을 만들고 싶어."

동물을 좋아하는 사람이다.

"나는 전국을 누비는 운전사라서 어디를 가든 쿠키와의 추억을 떠올릴 수 있겠지."

목소리가 살짝 떨린다. 나는 앞을 보는 척하면서 눈동자만 굴려 남자 인간을 바라본다. 슬픔, 그리움, 아련함 같은 애잔한 감정이 느껴진다.

"우리 쿠키 보고 싶다."

"쿠키랑 재미있었던 기억이 있어?"

"물어봐 줘서 고마워. 너무 많지. 모든 순간순간이 행복했어. 쿠키는 목욕을 싫어했지만 막상 물을 뿌려 주고 샴푸를 문질러 주면 좋아했어. 수건으로 몸을 닦아 주고 나면 파드닥 털고 나서 막 뛰어다녔지. 나는 잡으러 가고. 쿠키는 도망가고. 잡아서 드라이어로 말려 줄 때면 몸에 힘을 쭉 빼고는 따뜻한 바람을 즐겼어."

"강아지들은 대부분 목욕을 좋아해. 시작하는 게 어려울 뿐이야. 인간들도 그렇듯이."

"너…… 목욕했니?"

파란 모자 인간은 내 쪽으로 얼굴을 숙여 코를 킁킁거리고는 다시 나를 바라본다.

"당연하지! 내가 얼마나 깔끔한데. 비록 지금은 이런 모습이지만……. 잠깐, 그런데 왜 운전기사 당신은 나에게 반말을 하지? 날 처음 보자마자 반말을 했어. 예의가 없는 인간은 아닌 것 같은데."

"하하. 우리가 친한 친구 사이가 될 줄 알고 그랬어."

"흠, 꽤 그럴싸하게 둘러대는군. 괜찮은 변명이었어. 계속 대화를 이어 나가 보도록 하지."

그런데 아까부터 맛있는 냄새가 난다. 수주와 헤어진 그 장소에서 나던 냄새다. 그때 운전기사가 종이봉투를 연다. 앗, 소떡소떡이다. 이건 수주가 좋아하는 건데. 운전기사는 한 손으로 핸들을 잡고 한 손으로는 소떡소떡을 꺼내며 묻는다.

"난 사실 떡만 먹고 싶은데, 너 소시지 좋아하니?"

당연히 좋아하지! 아니 사랑하지! 날 놀리는 건가? 지금 나는 배가 무척이나 고프다고. 하지만 거지처럼 구걸하고 싶지는 않다.

"뭐, 그야…… 먹을 줄 알지. 버리는 건 아깝잖아."

"그러면 하나씩 나눠 먹자. 여기 소시지부터 너 먹어."

오예, 이게 웬 떡 아니, 웬 소시지! 덥석 소시지를 물었다. 배가 고팠는지 너무 급하게 삼킨 거 같다. 물이 필요하다. 이 옆에 있는 인간을 뭐라고 부르지? 이름을 물어볼까? 아니야. 그럼 내 이름도 가르쳐 줘야 하잖아. 음…….

"이봐, 대왕 코끼리 운전기사, 물 좀 있나?"

"있지. 근데 물통인데. 네 혓바닥이 들어가지는 않을 거야. 잠깐만."

그는 코끼리 핸들을 아슬아슬하게 잡고 손바닥을 오므려 물을 부어 고이게 한다. 그 손을 내 앞에 들이민다.

나는 찹찹찹찹 물을 먹는다. 오랜만에 마시는 것 같다. 순식간에 다 마시고, 어느새 운전기사의 손바닥까지 핥고 있다. 살짝 짭짤하다. 뒤에 실려 있던 상자 냄새도 난다.

"하하하. 간지러워. 목말랐구나. 근데 너는 어디로 가는 거야?"

이 인간 또 호구조사 시작한다. 인간들의 전형적인 특징이다. 처음 보는 인간한테 하듯이 처음 보는 강아지한테 별걸 다 물어본다. 어디 사는지, 무슨 일을 하는지, 몇 살인지…… 어휴. 그래, 소시지도 줬으니 까짓것 얘기해 주지.

"친구를 찾고 있어."

"친구? 어떤 친구?"

"같이 살던 친구."

"지금 어디 있는데?"

"'브산'인지 '보산'인지로 간다고 했어."

"아, 부산! 아쉽다. 나는 포항까지만 가거든. 그래도 포항에서 부산까지 가는 방법은 많으니까 너무 걱정하지 마. 바다를 왼쪽에 두고 쭉 내려가면 돼."

바다……. 바다라는 것을 텔레비전에서만 보았을 뿐 실제로 본 적은 없다. 엄청나게 큰 물웅덩이 같던데 거길 옆에 두고 가라고? 무서운 악어들이 나타나서 나를 잡아먹으면 어떡하지? 상어들이 나를 꿀꺽 삼켜 버리면 어떡하지?

"우리 쿠키도 바닷가에서 뛰어노는 거 좋아했는데……."

혼잣말을 하던 운전기사는 떡만 쏙 빼 먹더니 다정한 목소리로 나에게 말을 건다.

"겨자 소스 안 바르길 잘했다. 네가 먹으면 매울 수도 있거든."

"난 고추장도 잘 먹어."

"뭐? 고추장은 먹으면 안 될 텐데. 몰래 먹었던 거야?"

"……그것까지 알 필요 없잖아."

"알았어. 그럼 못 먹는 거 있어?"

"있지."

"뭔데?"

"선풍기."

"하하, 그건 음식이 아니잖아. 근데 강아지들은 딱딱한 뼈다귀는 왜 좋아하는 거야?"

"너는 인간의 해골을 좋아하니?"

"아니. 무서워."

"인간들이 우리한테 뼈다귀를 주니까 물고 있는 거지. 나도 뼈다귀가 그다지 유쾌하지는 않아. 고기가 잔뜩 붙어 있는 덩어리가 더 좋다고."

"아, 그랬구나. 무슨 말인지 알겠어."

"그러니까 고기 없는 뼈는 그만 줘. 내가 전국 강아지들을 대표해서 말하는 거야. 나는 똑똑하니까."

"알았어. 기억할게. 자, 여기."

그는 소시지를 손가락으로 빼서 내 입 근처에 대 준다. 주는 음식을 받아먹는 건 내 스타일이 아니지만 배가 고프니 먹는다. 정확히 말하면 음식을 남기는 건 좋지 않으니 먹어 주는 것이다.

"이 트럭 짐칸에는 어떻게 타게 된 거야?"

음, 말해야 하나…….

"말하기 싫으면 안 해도 돼."

이 사람 뭐지? 대답 안 해도 된다니까 더 말하고 싶다.

"사실……."

"응, 사실, 뭐?"

"아까 거기서 내 친구를 잃어버렸어."

나는 인간에게 조금 전의 상황을 설명했다. 놀라게 해 주려고 여기에 숨었는데 당신이 문 닫고 출발하는 바람에 헤어졌다고.

"미안해. 강아지야. 너를 못 봤어. 내가 좀 더 주의를 했어야 했는데. 사실 트럭 운전 일 시작한 지 일주일밖에 안 됐거든. 전에는 동물원에서 일했어."

정말로 동물을 좋아하는 사람이구나. 킁킁. 그래서인지 착한 사람 냄새가 난다.

"사육사 생활은 너무 좋았어. 내가 좋아하는 동물들도 실컷 돌봐 줄 수 있고, 스트레스 받지 않게 훈련도 시킬 수 있고, 기숙사에서 함께 지냈던 동료 사육사들끼리도 친했거든. 그런데 한번은 내가 운전하던 트럭에서 다른 트럭으로 동물들을 옮기던 중에 한 동물이 탈출한 사건이 있었어."

"무슨 동물이었는데?"

"캥거루. 트럭 문을 여는 순간 뛰쳐나가 버렸어. 급하게 쫓아 갔지만 어찌나 빠르던지 순식간에 들판을 지나 산속으로 들어가서 잡을 수가 없었어. 해가 질 때까지 산을 뒤졌지만……."

"못 찾았구나."

"자물쇠를 확실하게 잠그지 않은 내 실수였지. 그 일이 있은 후로 더 이상 근무할 수 없게 되었어. 동물원 입장에서는 큰 손실이었을 거야. 저 멀리 있는 호주라는 나라에서 큰돈을 주고 데려온 녀석들이었으니 말이야."

"그것 참 안된 일이네. 근데 내가 이렇게 인간어를 하는데도 놀라지 않는 걸 보니 나 말고도 말하는 동물을 본 적이 있었던 거야?"

"맞아. 동물원에서 일할 때 말하는 동물을 만난 적이 있어. 처음에는 기절할 뻔했어. 환청이 들리는 건지 내 머리가 이상해진 건지 의심할 정도였으니까."

"나 말고도 인간어를 할 줄 아는 동물들이 각지에 퍼져 있다는 게 사실이었군. 나랑 같이 사는 인간들에게도 말한 적 없는데……. 이거 진짜 우리끼리의 비밀이야. 내가 지금 워낙 급해서 말을 한 거니까 말하는 강아지가 있다는 거 어디 가서 소문내고 다니면 안 돼."

"하하, 그래. 하지만 가족에게는 알려 줘야 하지 않을까?"

"절대."

큰 코끼리는 일정한 속도로 도로 끝 차선을 유지하며 달린다.

"창문 열어 줄까?"

"좋지. 바람 맞으면서 냄새 맡는 거 좋아해."

창문이 쓱 하고 절반 정도 내려간다. 선선한 바람이 차 안의 공기를 헤집은 뒤 돌아 나간다. 쿵쿵. 쿵쿵. 도시와는 다른 냄새다.

달려도 달려도 끝이 보이지 않는 도로가 눈앞에 펼쳐진다. 길고 멀리 뻗은 도로를 따라가며 운전기사와 나는 시시콜콜한 대화를 나눈다. 우리가 타고 있던 큰 코끼리는 서서히 속도가 줄면서 양쪽에 선이 그어져 있는 곳에서 멈춰 선다. 주변에는 비슷하게 생긴 코끼리들이 열 대 정도 가지런히 줄을 맞춰서 있고, 인간들은 코끼리의 뒷문을 열고 상자들을 빼내기도 하고 넣기도 한다. 한쪽에는 인간들이 사용하는 화장실이 아담하게 있고, 동전을 넣으면 종이컵이 툭 떨어지는 세월의 흔적이 깃든 기계도 있다.

"여기가 포항 차고지야. 내가 너 목욕시켜 줘도 될까? 저쪽에 기사 전용 샤워실도 있고, 내 가방에 쿠키가 쓰던 샴푸가 아직 있거든."

물에 젖은 모습을 낯선 생명체에게 보여 주는 건 좀 그렇지만……. 안 그래도 몸이 근질근질하고, 냄새가 나는 것 같았다.

"그래. 좋아."

"이리 와."

샤워실로 들어간다. 운전기사가 물을 틀어서 내 몸에 물을 뿌린다.

"앗, 뜨거워! 이봐! 나를 튀겨 버릴 작정이야? 난 치킨이 아니라고!"

"미, 미안……."

운전기사는 손잡이를 급히 왼쪽으로 돌리더니, 다시 내 몸에 물을 뿌린다.

"앗, 차가워. 이봐!"

"미안해. 여기 수도꼭지 손잡이는 조금만 돌려도 온도가 바뀌어서 조절이 좀 어려워. 잠깐만…… 됐다! 따뜻해졌어. 지금 물 온도는 어때?"

"딱 적당해."

음, 좋다. 이 따뜻함. 몸이 녹진녹진하니 늘어진다. 운전기사는 샴푸를 내 몸에 문지르며 거품을 낸다. 은은한 샴푸 향이 털 사이사이로 스며들고 있음이 느껴진다. 이쯤에서 세차게 한번 털어 주면 거품이 날릴 텐데 저 인간은 어떤 반응을 보일까? 할까 말까? 고민하는 사이에 벌써 물로 헹군다. 목욕이 끝났다. 그는 수건으로 물기를 닦고 드라이어로 보송하게 말려 주기까지 한다.

"뽀송한 강아지. 네 이름 좀 알자. 혹시 내가 도움이 될 수도 있잖아?"

"도움이 될 리가 없지만 너는 좋은 사람 같으니까 특별히 알려 줄게. 내 이름은 나또야."

"푸핫."

"왜 웃어? 내 이름이 웃겨?"

"아, 미안. 이름이 너무 귀여워서. 네가 찾고 있는 사람이 부르던 이름이야?"

"맞아."

"성은…… 너랑 같이 살던 인간들과 같은 거겠지?"

그러고 보니 성은 생각해 본 적이 없다. 이름도 인간이 지어 줬는데, 성은 내 마음대로 지어도 되지 않나? 잠시 고민하느라 머리를 갸우뚱했더니 운전기사가 덧붙인다.

"성은 가족끼리 쓰는 거니까 같은 성을 쓰는 게 좋지 않을까 싶지만, 뭐 상관없지. 쓰고 싶은 성 있어?"

"인간들의 성은 시시해. 그래서 내가 생각해 둔 게 있지."

"뭔데?"

"킹. 킹나또."

"……왜 '킹'이야?"

"말 그대로 킹. 왕이라는 뜻이지. 만물의 왕. 동물의 왕은 사자나 호랑이라고 하지만 정말 한심하기 짝이 없는 소리야. 인간들이 쓰는 말 중에 '하룻강아지 범 무서운 줄 모른다'는 말이 있잖아. 그게 거짓말이 아니야. 우리 개들은 그런 동물들을 무서워하지 않아. 만약에 호랑이나 사자가 길거리를 배회한다고 가정해 봐. 경찰이나 군인들이 총출동해서 잡으려고 할 거야. 결국에는 동물원에 갇히겠지."

"그렇겠지."

"우리 강아지들이 목줄에 묶여 있어서 마치 인간의 지배를 받는 것처럼 보이지만 잘 생각해 봐. 산책할 때는 우리가 앞장서서 인간을 끌고 가고, 영역 표시를 할 때는 인간은 뒤에서 얌전히 보좌하고, 다른 강아지의 엉덩이 냄새를 맡으며 인사를 나눌 때는 끝마칠 때까지 인간은 옆에서 기다려. 힘든 척 혀를 내밀고 헉헉거리면 안아 들고, 심지어는 사극에서나 보던 임금님 가마처럼 유모차로 모시기도 해. 어때? 이 정도면 강아지들이 인간을 지배하고 있다는 걸 인정할 수밖에 없지?"

"듣고 보니 그런 것 같네."

"결론은, 동물의 왕은 바로 강아지라는 거야."

"아, 알았어……. 기억할게. 그런데 너는 무슨 종이니? 털 색깔은 예쁜 황토색에 진돗개보다는 작은 크기인 것 같은데, 실례가 안 된다면 무슨 종인지 물어봐도 될까?"

"나도 몰라. 나랑 같이 살던 인간도 정확히 모른다고 했어."

"그럼…… 서울에서 왔으니까 '서우르자브종'이라고 하자."

"서우르자브종? 그게 뭔데?"

"그런 게 있어."

"이상한 건 아니지?"

"그럼."

운전기사가 갑자기 잠깐 기다리라고 하더니 아까 타고 온 코끼리로 달려간다. 돌아오는 운전기사의 손에 무언가 있다. 내 앞에 멈추더니 기쁜 듯이 나를 바라본다.

"너에게 잘 어울릴 것 같아."

"이걸 나보고 쓰고 다니라고?"

자신이 쓰고 있는 모자와 같은 색깔, 같은 디자인의 모자다.

캡 부분을 뒤로 돌려서는 머리에 씌워 준다.

"우정의 증표라도 되는 거야?"

"일종의 그런 거지. 동물들을 이송하던 날 아침 기온이 쌀쌀해서 엄마 캥거루 배 속에 있는 아기 캥거루에게 이거랑 똑같은 모자를 씌워 줬거든. 태어난 지 얼마 안 된 동물들에게 잠시 동안 씌워 주려고 몇 개 사둔 건데 딱 하나 남은 거야. 마지막 하나는 너처럼 작고 착한 동물을 만나면 주려고 가지고 있었어. 잘 맞는 것 같네?"

"내가 착해? 나 되게 까칠한데."

"음, 겉으로는 까칠해 보여도 속마음은 착한 것 같아."

"그렇군. 거울 있어?"

운전기사는 핸드폰을 꺼내 셀프 카메라로 내 얼굴을 보여 준다. 보기보다 괜찮네. 역시 나는 뭐든 잘 어울려. 꼬리가 살랑거린다.

"옷깃만 스쳐도 인연이라는데 우리 같이 사진 찍을까?"

"풉. 그럼 우리 강아지들은 털끝만 스쳐도 인연이겠네? 그건 아니지. 서로의 냄새를 맡으면서 상대가 어떤 성격인지, 어떤 기분인지 정도는 알아야 인연이라고 할 수 있는 거야."

"아까 네 냄새 맡았는걸?"

"맞다, 그랬지. 하여튼, 인간들은 강아지하고 사진 찍는 걸 참 좋아한다니까. 내 오늘은 특별히 찍어 주지."

"찍는다. 하나, 둘, 셋!"

핸드폰을 들고 그의 얼굴과 내 얼굴이 화면에 꽉 차도록 찍는다. 정면에서 한 컷, 위쪽에서 한 컷, 옆쪽에서 한 컷.

"포항에서 부산까지 120킬로미터 정도야. 부산까지 가는 트럭이 있는지 알아봐 줄게."

"아니야. 괜찮아. 나 혼자 찾아갈 수 있어. 난 똑똑한 강아지거든."

"걸어가기에는 좀 먼데……."

"괜찮다니까. 내 달리기 속도가 얼마나 빠른데."

파란 모자를 쓴 운전기사는 손가락을 가리키며 친절하게 설명한다.

"저쪽에 바다가 있고 부산은 남쪽에 있으니까…… 바다를 옆에 두고 계속 내려간다고 생각해. 바로 옆에 고양이가 모여 사는 마을이 있어. 고양이들은 매일 여기저기를 돌아다니니까 어쩌면 너를 도와줄 수도 있을 거야."

"고마워, 착한 운전기사. 덕분에 소시지도 먹고 목욕도 하고 즐거웠어."

나는 운전기사와 쿨하게 작별 인사를 하고 몸을 돌린다. 턱에 힘을 주어 몸을 펴고, 귀를 쫑긋 세우고(노력은 해 보지만 세워지지 않는다), 꼬리를 좌우로 살살 흔들며 당당하고 늠름하게 걷는다. 그러나 이때까지만 해도 120킬로미터가 얼마나 먼 거리인 줄 몰랐다. 알았더라면 부산으로 가는 코끼리를 얻어 탔을 것이다.

우아하게 하늘거리는 루미의 꼬리를 보니

촐랑거리는 내 꼬리가 오늘따라 볼품없어 보인다.

살짝 살짝 보이는 발바닥에는

달콤하면서도 몰랑몰랑한 젤리 같은 게 붙어 있다.

분명 같은 곳을 걷고 있는데

저 젤리 때문인지 루미는 구름 위를 걸어가는 것 같다.

귀엽고 예쁜 강아지들을 많이 봐 왔지만

이런 두근거리는 설렘은 처음이다.

스텔라냥

차고지에서 인간 보폭으로 30보 정도 떨어진 곳으로 간다. 인간의 발걸음은 한 발 한 발 계산이 쉬운데 우리 강아지들은 네 개의 다리를 동시에 움직이기 때문에 어디서부터 어디까지를 한 발이라고 할 수 있는지 기준을 정하기 쉽지 않다.

보폭도 인간보다 훨씬 작다 보니 거리가 멀수록 숫자가 기하급수적으로 커지고 마침내는 셀 수도 없어진다. 그래서 인간 보폭으로 계산하는 것이 편하다. 이 세상 많은 것들의 기준이 죄다 인간이라는 게 짜증스럽다. 인간들이 마음대로 정한 여러 가지 기준들 또한 강아지 기준으로 하나씩 바꿔 가야 하는 것이 나의 숙명일지도 모른다.

인도(앞으로는 '견도'라고 부를 것이다)를 따라 고양이 마을 쪽으로 간다. 불과 30보밖에(강아지 보폭으로 120보 정도) 떨어져 있지 않지만 차고지와 분리되어 있다는 느낌을 받는다. 천장이 낮은데도 햇볕이 잘 든다. 고양이 냄새가 난다. 정확히 말하면 고양이 똥과 오줌이 있는 모래 냄새다.

몸을 낮추고 가까이 간다. 신중하고 조심스럽게 접근한다. 고양이들이 각자 자기 몸을 열심히 핥고 있다. 고양이들은 자기 자신을 참 사랑하는 것 같다. 아니지, 이런 생각을 할 때가 아니다. 조금씩 조금씩 코를 들이밀며 고양이 마을 안쪽으로 진입을 시도한다.

열 마리 정도가 있다. 보이는 게 다가 아니다. 고양이들은 잠복 기술이 대단하기 때문에 실제로는 스무 마리 정도는 있다고 봐야 한다. 긴장해서인지 목덜미 털이 곤두선다.

고양이들이 높이뛰기 연습을 하고 있다. 그중에 대장같이 보이는 덩치가 푸짐한 고양이가 동상처럼 앉아 나를 주시한다. 나이도 나보다 훨씬 많아 보인다. 다가가도 되는지 모르겠다. 착한 파란 모자 운전기사가 소개해 줬으니 나를 공격하지는 않을 거라 믿고 싶다. 한 발 한 발, 조금씩 다가간다.

부스럭.

마른 나뭇잎을 밟았다. 그 소리에 모든 고양이가 일시에 내쪽으로 고개를 돌린다. 역시나 서울에서 봤던 고양이들과 마찬가지로 건방진 표정을 하고는 하찮은 강아지를 보는 듯하다. 철저히 깔보는 눈빛이다. 이럴 수가, 감히 동물의 왕을 무시하다니.

고양이의 눈은 부러진 나무젓가락의 끝부분처럼 뾰족하다.

동그란 강아지 눈과는 대조적이다. 그 눈빛이 조금 무섭기도 하다. 많이 무섭지만 조금만 무섭다고 생각하려 한다.

한 마리만 있으면 이빨을 드러내고 강한 척했을 텐데 상대의 머릿수가 많으니 어쩔 수 없다. 최대한 약한 척해야 한다. 이럴 때는 그냥 공격할 의지가 전혀 없다는 것을 보여 줘야 한다. 배를 보여 줄까? 바닥에 앉을까? 납작 엎드릴까?

고민하는 사이 자기들끼리 다시 높이뛰기 연습을 한다. 뭐야, 나 따위는 신경 쓸 가치도 없다는 건가? 흥.

고양이들의 점프 능력이 엄청난 데에는 이유가 있었다. 보이지 않는 곳에서 이렇게 열심히 노력하기 때문이었다. 고양이들은 강아지들보다 두 배 빠르게 뛰고 세 배 높게 점프한다. 타고난 운동 신경인 줄 알았더니 뒤에서 이렇게 연습하고 있었구나.

나에게서 눈을 떼지 않고 있던 묵직한 고양이 하나가 어슬렁어슬렁 다가온다. 내 꼬리는 아까부터 아래로 향해 있다. 더 내려갈 곳이 없다. 쫑긋한 귀, 이쑤시개처럼 쭉쭉 뻗은 수염, 하얗고 북슬북슬한 털, 땅에 닿을 것만 같은 배. 길거리에서 마주치던 고양이들보다 크고 통통해 보인다. 느릿느릿 움직이고 있지만 갑자기 빨라지는 게 고양이다. 긴장을 늦춰선 안 된다.

"이봐, 댕댕이. 여기 무슨 일인가?"

나보다 한참 어른인 건 알겠는데 처음부터 반말을 쓴다. 그것도 강아지가 아닌 댕댕이라니. 기분이 나쁘지만 어쩔 수 없다.

"안녕하세요. 저기서 일하는 인간이 여기에 가면 도움을 받을 수 있을 거라고 해서 왔습니다."

"인간들 말을 믿나? 인간들은 거짓말을 밥 먹듯이 해. 마음에도 없는 말을 하기도 하고, 지구 위의 모든 현상을 자기들 마음대로 해석해 버리는 데 능하다는 것쯤은 자네도 알지 않나. 착한 표정으로 끊임없이 나쁜 생각을 하지."

"동의합니다만……."

"그냥 주의를 준 것뿐일세. 저 인간은 자네 생각대로 괜찮은 인간이야."

긴장해서 그런지 갑자기 귀 근처가 간지럽다. 아, 긁고 싶다. 이 상황에서 긁기 싫은데……. 못 참겠어. 쓱쓱쓱쓱쓱. 뒷발로 긁는다. 시원하지 않다. 더 긁는다. 샥샥샥샥샥. 이제 좀 살 것 같다. 고양이는 나를 한없이 모자란 생명체라는 눈빛으로 바라보더니 묻는다.

"자네는 어쩌다가 여기까지 왔는가? 냄새가 여기 포항 출신은 아닌 것 같은데."

"서울에서 왔습니다. 사람을 찾고 있습니다."

"찾는 사람이 포항에 있나?"

"아닙니다. 부산에 있습니다."

"부산이라…… 내 친구들이 사는 곳이군. 여기에서 꽤 멀 텐데?"

"어느 정도 거리인지 가늠이 되지 않습니다. 어디로 가야 하는지도 모릅니다. 하지만 저 스스로 찾아가고 싶습니다."

"잠깐만, 자네 입 주변에 묻어 있는 소스는 뭔가? 혹시 인간들이 길바닥에 떨어뜨린 음식을 주워 먹었나?"

"아, 아닙니다. 주워 먹은 건 아니고 손으로 준 것을 받아먹었습니다."

그렇게 품위 없는 강아지는 아니라고 항변하고 싶지만 내 앞에 있는 고양이의 몸짓과 말투에서 느껴지는 위압감에 생각대로 말이 나오지 않는다.

입 주변을 혀로 닦아 낸다. 아까 먹었던 소스가 남아 있다. 분명 목욕했는데⋯⋯. 아! 내 얼굴에 물을 뿌리지는 않은 것 같다. 얼굴에 물 닿는 것을 싫어하는 강아지들의 습성을 잘 알고 배려해 준 것 같다.

"쯧쯧. 개들은 이렇게 칠칠치 못한 티를 낸다니까. 오줌도 아무 데나, 똥도 아무 데나⋯⋯. 좀 깔끔하게 하고 다닐 수는 없나?"

분하지만 인정해야 한다. 고양이들은 태생적으로 깔끔함을 장착하고 태어났다. 지나치게 깔끔해서 내가 보기엔 결벽증에 가깝다. 제법 똑똑한 강아지로서 전국의 개를 대표하여 '피곤하게 결벽증 앓고 사는 것보다는 우리처럼 속 편하게 사는 게 훨씬 낫네요, 흥' 하는 말이 입에 맴돌았지만, 꾹 눌러 참는다. 지금은 일단 숙이고 들어가야 한다. 나는 싸울 때와 물러

설 때를 아는 강아지다.

"우리 고양이들은 세상에서 가장 우아한 생명체로 알려져 있지."

"네……."

"실제로 그렇게 우아하지는 않아. 우아함을 유지하라고 조상들로부터 배워 왔기 때문에 그렇게 하고 있는 거라네."

"품위 유지 그런 건가요?"

"인간들은 고양이를 신비로운 동물이라고 생각해."

"제가 보기에도 그렇습니다."

"생각보다 신비롭지는 않아. 그런 척을 해야 우리가 살아갈 수 있기 때문에 그렇게 할 뿐이야. 인간들이 좋아하는 우아함과 비밀스러움을 갖추려면 청결해야 하고, 걷는 것도 사뿐사뿐, 점프도 유연하게, 착지도 살포시. 보다시피 이게 다 노력과 연습의 결과물이라네."

뭐라고 답해야 할지 모르겠다. 잠시 침묵이 흐른다.

꼬르륵. 맙소사, 배 속에서 나는 소리이다. 강아지의 치부를 전부 보여 준 것 같아 부끄럽지만, 생각해 보면 하루 종일 조그만 소시지 다섯 개만 먹었다.

"고양이님…… 배가 고픕니다."

"하하하. 자존심 따위는 내려놨구먼. 아주 좋은 자세야. 나는 자네가 인간들 집에서 숙식하면서 쓸데없이 자존심 내세우는 버릇을 배운 줄 알았건만 아니었어. 잠깐만 기다리게. 인간들 저녁 식사가 끝나면 밥을 줄 테니."

아까는 흘린 거 주워 먹었냐고 묻더니 자기도 인간들이 주는 밥을 먹고 있잖아. 쳇, 흘린 거 먹는 거나 누가 주는 거 얻어먹는 거나 거기서 거기 아닌가. 이렇게 보니 자립심이라고는 전혀 없어 보이네. 하긴, 나도 그랬지. 아니야, 나는 수주와 할아버지가 좋아서 같이 있었던 거지, 밥 주니까 같이 있었던 건 아니야. 아닌가? 아닐걸? 밥을 줘서 좋아하게 된 건가? 아, 모르겠다. 배고프다. 그 문제는 나중에 생각하기로 하고 배부터 채우자.

잠시 후, 음식이 담긴 그릇 몇 개가 인간들에 의해 배달된다. 참 좋은 세상이네. 인간들이 직접 배달까지 해 주다니. 대장 고양이는 그릇 하나를 한쪽으로 빼더니 내 쪽으로 밀어준다.

"먹게나."

"감사합니다."

제대로 된 식사가 얼마 만인지……. 수주가 주는 밥과는 다르지만 상관없다. 오히려 이게 더 맛있다. 수주는 자기만 맛있는 것을 먹고 나한테는 매일 똑같은 로얄캐닌을 준다. 때로는 밖으로 떠돌아다니는 것도 나쁘지 않구나.

쩝쩝, 찹찹, 할짝할짝. 그릇이 반짝일 때까지 핥아 먹는다. 부족하지만 그래도 이 정도면 괜찮다.

"저쪽에 물통이 있으니 마시고 오게나. 주변에 흘리지 말고."

물 먹는 거 가지고 엄청 깔끔한 체한다. 고양이들은 참 피곤하게 사는 것 같다. 그래도 나에게 신경을 써 주니 최대한 물 표면에 입을 가까이 갖다 대고 혀의 움직임을 최소화해서 마신다. 나도 인간들처럼 컵을 손에 쥐고 고개를 꺾어 벌컥벌컥 들이켜고 싶은데 안 된다. 그러기엔 발가락이 너무 짧다. 이럴 땐 인간들이 부럽다.

수분까지 보충하자 더 먹을 수 없을 정도로 배가 빵빵해졌다. 살 것 같다.

흰 고양이는 어슬렁어슬렁 새끼 고양이들이 있는 쪽으로 간다. 서로 야옹야옹 하며 쓰다듬어 주고 만져 준다. 나는 멀찌감치 떨어져 그 모습을 지켜본다. 엉덩이를 땅에 대고 앞발은 수직으로 쭉 편다. 인간들이 강아지들에게 "앉아"라고 할 때의 그 자세이다.

고양이들을 바라본다. 같은 종으로 구성된 가족이다. 나랑 수주는 종이 다른데……. 가끔 인간과 강아지가 섞여 사는 게 맞는지 의문이 들 때가 있다. 가족인가? 가족이라고 부를 수 있나? 나에게는 진짜 가족이 있나?

희미하게나마 기억나는 내 형제자매들. 그리고 엄마가 있었지. 지금은……? 그래, 인간이지만 나를 무척이나 사랑해 주는 수주와 할아버지가 있다.

꼬마 고양이들이 야옹거리며 노는 모습을 물끄러미 바라보고 있자, 아까 그 흰 고양이가 천천히 다가와 내 옆에 앉는다.

"배 좀 찼는가?"

"네, 덕분에 배가 부릅니다. 잘 먹었습니다."

"이름이 뭔가?"

"저는 이름이 없습니다."

"흠, 이름이 없다니 똥개인가 보군. 자네 털 색깔이 누리끼리하니 누렁이나 흑설탕이 어떤가?"

언제 적 이름을 나한테 갖다 붙이려는 건지. 어휴 촌스러워.

"내 이름은 스텔라냥이라고 하네."

겉모습만 봤을 땐 우유빙수나 비누 거품 같은 이름을 예상했는데 틀렸다.

"스테…… 스텔라냥님. 궁금한 게 하나 있습니다."

"말하게나."

"고양이님들은 왜 '야옹야옹'이라고 하는 겁니까?"

갑자기 스텔라냥이 언성을 높여 말한다.

"그러면 포항 앞바다의 갈매기처럼 '끼룩끼룩'이라고 할까? 아니면 축축한 연못에 사는 개구리처럼 '개굴개굴'이라고 할까? 개들은 왜 '왈왈', '월월'이라고 짖지? 개니까 그렇게 말하는 거잖아. 특별한 이유가 없어. 그냥 그렇게 태어났기 때문에 그런 거라고!"

찔끔한 나는 혀를 날름거리며 대답한다. 나도 모르게 귀도 뒤로 넘어간 것 같다.

"그, 그렇지요. 기분 나쁘셨다면 죄송합니다."

고양이는 여전히 상기된 표정으로 대화를 이어간다.

"갑자기 화를 내서 미안하네. 사실 난 내 목소리에 콤플렉스가 있어. 내 덩치와 권위에 비해 '야옹' 소리가 너무 귀엽게 느껴져. 그래서 그런 얘기 하는 걸 좋아하지 않는다네."

"그렇군요. 그런데 고양이 소리가 걸걸하면 그것도 좀 이상하지 않겠습니까?"

"흥, 그래도 내가 대장인데 대장다워 보이고 싶다고. '어흥' 하는 호랑이처럼 말이지."

"우리 강아지들은 범 무서운 줄 모릅니다."

"자네 지금 나 놀리나?"

"아…… 아닙니다. 제가 괜한 소리를 했네요. 사실 저도 콤플렉스가 하나 있습니다."

"뭔데? 칠칠맞은 거? 귀가 무거워서 축 처진 거? 파하하하하!"

"……그건 오히려 저의 매력입니다. 콤플렉스는 같이 사는 인간들을 기다리는 습관입니다. 고양이들, 아니 고양이님들은 독립적이고 외로움도 안 타는 것 같아 대단해 보이기도 합니다."

"우리 고양이들이 좀 그렇긴 하지. 오히려 인간들이 우리를 보고 싶어 안달해. 우리 고양이들이 같이 사는 인간의 성격과 생활 패턴을 파악하여 수개월 동안 훈련한 결과라네. 매우 치밀하게 계산된 전략이기도 하지."

"대단하십니다. 저희 강아지들은 하루 종일 불 꺼진 집에서 창밖만 보거나 문 앞에서 하염없이 인간들을 기다립니다."

"그건 알고 있다네."

"함께 있다는 느낌이 들어야 안심이 됩니다. 그렇지 않으면 슬퍼지거나 아프기까지 합니다. 온종일 기다리다가 인간이 집으로 돌아오는 발소리가 들리면 이놈의 꼬리가 프로펠러처럼 막 돌아갑니다. 감정 기복이 크다는 뜻이지요."

아, 속마음을 너무 다 말해 버린 것 같다. 하지만 내 뛰어난 본능이 이 까칠한 고양이님은 좋은 고양이라고 말하고 있다.

"제가 그렇다는 건 아니고요. 많은 강아지의 습성이 그렇다는 겁니다."

"그런 말 할 필요 없다네. 어차피 다 똑같아. 조금 더 영리하고, 조금 더 우둔할 뿐 태생적인 습성은 다 거기서 거기야. 하지만 자네는 다른 면이 보여. 우리 고양이들과 처음부터 자연스럽게 소통하는 개들은 잘 없거든. 대부분 개는 인간들처럼 기 싸움부터 하려고 하지."

다른 고양이들의 식사도 다 끝났다. 모두 모여 줄을 맞춰 선다. 냥냥 펀치 훈련을 시작한다. 사범처럼 보이는 검은색 고양이가 왕발을 들어 올리며 앞쪽에서 지도하고 있다.

"하나!"

"냥!"

"둘!"

"냥!"

"하나! 둘!"

"냥! 냥!"

기본 동작이 끝나고 실전 훈련으로 넘어간다.

"초음속 냥냥 펀치!"

"냐냐냐냐냐냥!"

"회전 회오리 냥냥펀치!"

"냐냥, 냐냥, 냐냥, 냐아아앙!"

어휴, 저 펀치에 맞으면 얼굴이 뭉개질 것 같다. 강아지들 같으면 배부른 녹녹함을 즐기면서 축 늘어져 있을 텐데 먹자 마자 훈련이라니. 고양이라고 하면 하루 스무 시간 잠만 잔다고들 알고 있는데 사실은 아니었다. 아무도 안 볼 때 이렇게 몰래 특훈을 하고 있던 것이다! 이 사실을 언젠가 다른 강아지들에게도 알려 줘야겠다.

스텔라냥이 고양이들의 훈련 모습을 보며 말한다.

"나 때는 말이야. 흠흠, 나도 모르게 '나 때'라는 말이 나왔군. 옛날 얘기하는 것을 내 자식들은 매우 싫어하지만 아무튼 내가 어렸을 때는 쥐 한 마리 잡는 것은 일도 아니었지. 하지만 지금 세대들은 달라. 쥐보다 느려도 한참 느리고, 심지어는 생선 가시를 바를 줄도 몰라서 발라 달라고 징징거리기까지 해. 참 답답하지 않은가?"

"결국 인간이 음식을 주지 않으면 굶을 수도 있다는 말처럼 들립니다."

"맞아, 그거야. 그래서 나는 자손들이 스스로 살 수 있게 하고 싶은 거라네. 조만간 바다로 가서 수영 연습도 시킬 거야. 직접 낚시도 할 수 있게 가르치려고."

"네? 수영이요? 아니, 육지에 사는 우리가 무슨 물고기도 아니고 수영까지……."

"떼끼, 이 댕댕이야. 물을 두려워하지 않아야 물고기를 잡을 수 있지 않겠나. 그래서 아주 훌륭한 수영 선생님까지 미리 섭외해 놨지. 아참, 그분은 포항과 부산을 자주 왕래하는 분일세. 그분이라면 부산까지 어떻게 가는지 알려 주실 거야."

"어디로 가면 그분을 만날 수 있습니까?"

"내일 아침에 해가 뜨는 쪽으로 쭉 가면 바다가 나온다네. 여기서 그리 멀지 않아. 바다를 본 적이 있는가?"

"텔레비전에서 본 적이 있습니다."

"엄청난 곳이지. 시끄러운 소리도 나고. 너무 무서워하지는 말게나. 빠지지만 않으면 되거든. 바다거북이님은 하루 중 해가 가장 높이 떠 있을 때 육지로 나오시니 기다렸다가 도움을 청해 봐."

"물에서 시끄러운 소리가 난다니…… 상상이 가지 않습니다. 그런데 바다거북이님은 어떻게 생겼나요? 바다에 사는 물고기가 육지로 어떻게 올라오는 거죠? 이해가 안 됩니다."

"음, 물고기와는 완전히 달라. 커다란 접시를 엎어 놓은 것처럼 등에 납작하고 둥그스름한 돌이 붙어 있어. 딱딱해 보이는데 사실 만져 보진 않았네. 그리고 네 개의 다리가 있어서 뭍에서는 걸어 다니지. 머리는 등판 아래쪽으로 들어가기도 하고 나오기도 하고."

"머릿속에서 잘 그려지지 않습니다."

"음…… 그냥 해안가에서 바위가 미끄러지듯이 움직인다면 그게 바다거북이님이야. 그나저나 오늘은 어디서 잘 텐가?"

"저는…… 고양이님들에게 방해가 되지 않도록 저쪽 벽에 붙어서 몸을 동그랗게 말고 자겠습니다."

"잘 곳을 정하고 온 게 아니구먼. 기둥 뒤쪽에 게스트룸이 있다네. 평소에도 깨끗하게 관리하고 있지."

"정말 감사합니다. 그런데 저에게 이렇게 친절하게 대해 주시는 이유를 물어봐도 되겠습니까?"

"자네는 보자마자 좋은 강아지라는 걸 알 수 있었어. 그게 전부야. 인간들은 자기들과 같은 인간을 평가할 때 많은 것을 따지지. 하지만 우리 고양이들은 선한 마음을 가졌는지 아닌지 딱 그것만 본다네. 그게 가장 중요하거든."

그때 새하얀 털에 눈부시게 반짝이는 눈동자를 가진 고양이가 사뿐사뿐한 걸음으로 나와 스텔라냥을 향해 온다.

"막내딸 '루미'라고 하네. 루미가 자네가 잘 곳을 안내해 줄 걸세. 게스트룸에 푹신한 방석을 깔아 놨으니 잘 만할 게야."

루미와 눈이 마주친다. 아름답다. 맑고 푸른 하늘의 빛을 담고 있는 눈동자에 빠져들 것만 같다. 그 안에서는 못 하는 수영도 할 수 있을 것만 같다. 그녀의 작고 보송보송한 발에는 귀여운 발톱이 마치 보석처럼 반짝거리며 박혀 있다.

그녀가 고개는 나를 향한 채 몸을 돌린다.

"이쪽으로 와."

스텔라냥에게 인사하는 것도 잊고 홀린 듯이 따라간다. 뒷모습을 유심히 본다. 우아하게 하늘거리는 루미의 꼬리를 보니 촐랑거리는 내 꼬리가 오늘따라 볼품없어 보인다. 살짝 살짝 보이는 발바닥에는 달콤하면서도 몰랑몰랑한 젤리 같은 게 붙어 있다. 분명 같은 곳을 걷고 있는데 저 젤리 때문인지 루미는 구름 위를 걸어가는 것 같다. 볼수록 차가운 아름다움을 뿜내는 묘한 분위기에 빠져든다. 침을 꼴깍 삼킨다. 귀엽고 예쁜 강아지들을 많이 봐 왔지만 이런 두근거리는 설렘은 처음이다.

"집 강아지니?"

"응? 응……."

"인간들 비위 맞추면서 귀여운 척하느라 피곤하겠어."

"아…… 그, 그게…… 피곤하지는 않아. 아닌가? 피곤한가?"

"인간들이 밖에 나갔다가 들어올 때 문 앞까지 나가서 꼬리 흔들지?"

"응."

"진짜 좋아서 그러는 거야?"

"응, 반가워서."

"너무 그러지 마. 계속 그러다가 한 번 안 하면 나쁜 강아지가 될 수 있어. 우리 고양이들처럼 어쩌다 한 번 애정 표현을 해 줘야 그 한 번에 너무 좋아서 어쩔 줄 모른다니까. 인간들은 단순해."

와…… 고단수다. 인간의 지능, 아니 인간보다 더 똑똑한 강아지의 지능을 훌쩍 뛰어넘는 것 같다.

"강아지들은 한 번에 한 가지 생각만 하지만, 인간들은 동시에 반대되는 생각을 해. 인간들이 뭘 하고 있을 때 우리가 다가가서 몸을 비비거나 주변을 배회하면 '그만 좀 귀찮게 해'라고 말하지. 하지만 속으로는 '괜찮아, 나를 더 귀찮게 해 줘. 너의 관심 사양하지 않을게'라고 생각해. 인간은 본질적으로 외로운 존재거든."

"대충 짐작은 하고 있었어."

"너도 아마 비슷한 경험이 있을걸? 인간들은 '침대에 올라오면 안 돼'라고 하면서 속으로는 '침대에 올라오면 마지못한 척하고 같이 자야지'라고 생각해. 그런 이중성이 인간의 속성이야."

"그런 것 같기도 하고. 너 정말 영리하구나."

"인간들은 같은 인간들에게 굴복하는 것은 치욕적이라고 여기면서 반려동물에게 복종하는 건 오히려 영광이라고 생각해. 집사가 누워 있을 때 내가 얼굴을 밟고 지나가거나 장난치다가 내 발톱에 긁혀서 피부에 발톱 자국이 나면 그걸 자기 친구들에게 자랑까지 한다니까. 웃기지 않니?"

"그건 나도 어느 정도 눈치채긴 했는데……."

"모든 인간은 이중적인 면을 갖고 있어. 삼중, 사중, 오중적인 인간들도 있지. 어쨌든 너, 인간들의 침대는 점령했어?"

"점령까지는 모르겠고 침대에서 같이 자."

"그러면 네가 그 집의 주인이야. 네가 최고지도자라고. 인간들은 항상 처음에는 '절대 침대만큼은 올라오지 못하게 해야지'라고 다짐하지만 어느 순간부터 우리 같은 반려동물들을 왕으로 추앙하면서 침대 위로 모시게 되어 있어."

"그 정도는 나도 알고 있었지. 우리집에서 내가 가장 똑똑하거든."

"이제 좀 대화가 통하네. 우리 냥이들은 인간들을 조종할 줄 알아. 특히 남자 인간은 매우 쉬워. 앞에서는 져 주는 척하다가 조금만 잘해 주면 헤벌쭉대는 남자 인간의 심리를 이용할 줄 알지."

"그래? 나는 다 똑같은 것 같은데."

"아직 인간에 대해 잘 모르는구나. 남자 인간들은 처음에는 표현을 안 해. 자기가 최고인 줄 알아. 누군가에게 정을 준다는 것을 인정하지 않지. 하지만 확인하는 방법이 있어. 남자 인간 품에 안겨서 잠깐 놀아 주다가 슬쩍 잠든 척을 하는 거야. 그럼 남자 인간은 나를 깨우지 않으려고 꼼짝도 하지 않아. 온몸에 마비가 올 정도로 움직이지 않는 거지. 이게 뭘 의미하겠어? 이미 나에게 홀딱 넘어왔다는 뜻이야. 그다음부터는 매일 같이 내 선물을 사 오기 시작해. 센 척은 혼자 다 하다가 어느 날 한 번에 와르르 무너져 내리거든."

"와, 대단해."

"여자 인간들은 좀 더 이성적이야. 남자 인간들처럼 자기가 최고라고 생각하지 않아. 그런데도 심리전에서 아주 탁월하지. 남자 인간을 쥐락펴락할 수 있는 능력이 있어. 겉으로 보면 남자 인간이 더 강해 보이지만 실제로는 여자 인간이 더 강해. 그리고 남자 인간보다 배려심이 많지. 남자 인간과 여자 인간이 다르다는 사실을 알면 집 강아지 생활이 한결 수월해질 거야."

"어떻게 그렇게 잘 알아?"

"우리 가족도 사실 집고양이였는데 쫓겨났어. 내가 사고 치는 바람에."

"그랬구나."

루미는 갑자기 발걸음을 멈추고는 고개를 틀어 나를 바라본다. 헉, 다시 심장이 두근거린다. 두 눈에 빠져들 것 같다.

"자, 네가 잘 곳은 여기야. 잘 자."

"고마워. 너도 잘 자."

잠자리 안내를 마친 루미는 몸을 획 돌리더니 유유히 사라진다. 저 신비로운 뒷모습. 고양이들은 대체 무슨 생각을 하며 사는 걸까.

루미가 했던 말을 곱씹어 생각한다. 남자 인간과 여자 인간에 대해서 딱히 구분 지어 본 적은 없지만 루미 말이 맞는 것 같다. 드라마에서 본 남자 주인공의 인생은 대부분 여자 주인공에 의해 바뀌니까.

그런데 나랑 같이 살고 있는 수주는 그다지 이성적이지 않은 것 같은데. 배고프면 현기증 난다고 난리, 배부르면 살찔 것 같다고 난리, 좋으면 좋다고 난리, 싫으면 싫다고 난리. 방귀도 언제 어디서나 통쾌하게, 트림도 묻지도 따지지도 않고 시원하게. 흠…… 수주는 특별한 경우인 건가. 아무렴 어때. 사랑스러운 인간이면 됐지.

드러눕기에 충분한 크기의 방석이 있다. 냄새를 맡아 본다. 나쁘지 않다. 편안한 잠자리를 위해 앞발로 열 번 긁는다. 네 바퀴 돈 뒤 가장 편안한 위치와 방향을 잡고 엎드린다.

아, 수주 보고 싶다. 잘 자고 있겠지. 나를 쓰다듬던 다정한 손가락의 움직임, 씻고 나왔을 때의 향긋한 냄새, 나긋한 목소리, 포근한 숨소리. 수주가 학교에 다닐 땐 하루 종일 수주가 돌아오기만을 기다리면서 이 시간이 너무 힘들다고 생각했는데……. 다시 만날 수 있을까 없을까, 불안하고 그리운 지금

과는 비교할 수가 없다. 수주야, 아 졸려, 잘 지내지…….

밤이 깊은 이 순간, 수주의 사랑을 받지 못하는 건 괜찮지만, 내가 수주에게 사랑을 주지 못하고 있다는 사실에 슬픈 감정이 몰려온다.

바다거북은 등껍질 위에 나를 태우고 바다를 가로지른다.

복슬복슬한 털이 날린다.

촉촉한 바닷바람을 느낀다.

점점 빨라진다.

엄청난 속도다.

펄럭이는 귀가 뒤집힐 지경이다.

코랄터틀

고요한 아침이다. 앞다리를 쭉 펴고 엉덩이를 높이 쳐들어 스트레칭을 한다. 하품을 크게 한 번 하고 몸을 탈탈 털면서 밖으로 나간다. 오줌이 마렵다. 혹시 고양이 중 하나가 나를 보고 있을지도 모르니 최대한 고상한 자세로 용변을 봐야겠다. 여기서 하룻밤 잤다는 영역 표시의 의미도 있다.

아무 소리도 안 들리는 걸 보니 내가 제일 먼저 일어난 것 같다. 역시 나란 강아지는 대단…… 엇.

고양이들이 제각각 다소곳이 앉아 있다. 밥을 기다리는 모양이다. 아, 벌써 일어났구나. 우리 강아지들 같으면 서로 먼저 일어났다고, 서로 잘났다고 왈왈 짖고 난리였을 텐데 고양이들은 어찌 저리 조용할 수 있지? 둘러보니 차고지 쪽에서는 파란 모자 청년과 동료 인간들이 얘기를 나누고 있다.

잠시 후, 식사 그릇이 배달된다. 스텔라냥이 든든히 먹고 가라며 아침 식사를 양보해 준다. 눈은 뾰족하지만 마음은 동그란 고양이들이 고맙다.

"스텔라냥님, 감사했습니다."

"친구를 꼭 찾길 바라네. 당부하는데 목이 말라도 바닷물은 절대 마시면 안 돼. 인간들이 헤엄치며 놀다가 화장실 가기 귀찮아서 슬그머니 바닷물에다 영역 표시를 한다는 소문이 있거든. 그리고 부산에는 내 친구들이 많으니 혹시 고양이들을 만나게 되면 내 이름을 대 봐. 도와줄 거야."

허세인지 진짜인지 모르겠지만 스텔라냥의 말을 기억해 두기로 한다.

어제 게스트룸을 안내해 준 루미는 보이지 않는다. 한 번 더 보고 싶었는데 아쉽다. 자꾸 생각날 것 같다. 아냐, 아냐, 내가 이럴 때가 아니지. 수주와 할아버지를 빨리 찾으러 가야지.

스텔라냥은 "저쪽으로 가면 바다가 나오네"라고 말한 뒤 오른쪽 앞발을 들고 흔든다. 파란 모자 청년도 어느새 스텔라냥 옆에서 손을 흔든다.

해가 떠오르는 쪽으로 간다. 저 멀리서 파란 모자 청년이 "잘 가"라고 외친다. 나는 살짝 뒤돌아보며 "왈!" 하고 한 번 짖는다.

달린다. 달리고 또 달린다. 목줄이 없어서 허전하지만 야생의 진정한 강아지가 된 것 같다. 처음 느껴 보는 해방감과 함께 계속 달린다. 숨이 차오른다. 힘들어지면 걷다가 다시 뛰기를 반복한다.

쿵쿵. 쿵쿵. 이게…… 무슨 냄새지? 어느 순간 소금기 가득한 짠 내가 난다. 호수공원 산책을 할 때 들이마셨던 냄새와 확연히 다르다. 공기 중에 무겁게 내려앉은 습기가 털 사이사이로 스며드는 것 같다. 천천히 속도를 늦춘다. 예전에 수주가 바닷물은 짜다고 한 게 생각난다. 빠르게 걷다 보니 갑자기 욕조에 받아 놓은 물보다, 공원에 있는 호수보다 훨씬 커다란 물웅덩이가 펼쳐진다. 와, 이게 바다구나. 반짝이는 푸른빛의 바다. 끝이 없을 것 같은 바다. 너무 커서 오히려 크기를 실감할 수 없다. 그냥 이 세상의 배경 같은 느낌이다. 하늘과 비슷한 크기일까. 물은 모두 투명한 줄로만 알았는데 여기 물의 색깔은 짙은 파란색에 가깝다. 물이 흔들리며 왔다 갔다 한다. 저 멀리서 거인들이 물장구를 치고 있나 보다. 철썩…… 쏴……. 처음 들어 보는 소리. 저게 파도 소리구나.

조금 무섭기도 신기하기도 하다. 나도 모르게 코가 실룩거리고 꼬리가 찰랑거린다. 몸에 힘을 잔뜩 주고 바다를 향해 뛰어 나갈 듯 몸을 세우고는 여러 번 짖는다. 이제 조금 덜 무서운 것 같다. 그래도 가까이 가고 싶지는 않다.

드넓게 펼쳐진 고운 모래를 밟는다. 부드럽고 따뜻하다. 그동안 밟아 본 잔디의 흙이나 놀이터의 모래와는 다른 감촉이다. 앞발로 모래를 파서 얕은 구덩이를 만든다. 파바바박! 모

래가 사방으로 튀고, 발가락 사이로 모래알이 스르르 빠져나
간다. 신기하다. 재미있다.

아, 내가 여기 온 이유가 있었지. 스텔라냥님이 뭐라고 했더
라. 해가 가장 높이 솟았을 때 거북이님이 바다에서 뭍으로 나
온다고 했지. 또 무슨 말을 했더라. 아무리 목이 말라도 바닷
물은 마시지 말라고 그랬어. 그러고 보니 다리가 후들거리고
목이 마르다. 참는다. 모래 위에 배를 철퍼덕 깔고 한숨을 푹
내쉰다. 제법 위로 올라온 태양을 바라본다.

"어머, 귀여운 강아지네."

지나가던 인간들이 쭈그려 앉아 내 머리를 쓰다듬기도 하
고 등을 만지기도 한다. 인간들은 나를 볼 때마다 귀엽다고 한
다. 물론 뽀시래기 시절에는 나도 귀여웠다는 것을 인정한다.
그렇지만 지금은…… 나도 꽤 자랐다. 나이도 먹었다. 그런데
아직도 내가 귀엽다고? 하여튼 인간들이 모든 강아지에게 귀
엽다, 귀엽다고 하니까 내 눈에는 별로 귀엽지도 않은 강아지
들조차 자기가 귀엽다는 한심한 착각에 빠져 있다.

평소 같았으면 나에게 주는 관심의 대가로 꼬리를 흔들면서
혀도 내밀겠지만 지금은 그럴 힘조차 없다. 그냥 빨리 먹을 거
나 주고 갔으면 좋겠다.

아이스크림이 먹고 싶다. 아이스크림은 뭐니 뭐니 해도 과
자가 같이 있는 월드콘이 최곤데. 길바닥에 떨어진 녹은 아이
스크림을 수주 몰래 핥아 먹던 생각이 난다. 아, 배고프다. 고

구마 말린 거나 육포 같은 것은 바라지도 않는다. 매일 먹어서 물려 버린 로얄캐닌 갈색 알갱이들이 눈앞에 두둥실 떠다니는 것 같다. 입안에 침이 고인다.

해가 점점 높아진다. 거북이님은 육지로 나오기는 하는 걸까. 거북이님은 정말 부산으로 가는 길을 알고 있을까. 스텔라 냥님이 그렇게 말씀하셨으니 맞겠지.

이런저런 생각을 하며 물끄러미 멍하니 바다를 바라본다. 파도의 움직임을 바라본다. 지나가는 인간들의 발걸음을 바라본다. 바다와 하늘이 맞닿아 있는, 다채로운 색을 지닌 경계선을 바라본다. 그 경계선 사이를 날아다니는 새의 날갯짓을 바라본다. 수주가 바다를 그릴 때 하늘에 숫자 3을 눕혀 그렸는데 저 새를 그렸나 보다.

눈꺼풀이 무겁다. 졸음이 온다. 눈이 감기려는 그 순간 "쏴아아아" 하는 거친 물소리가 들린다. 파도 소리의 규칙성을 깨는 소리에 벌떡 일어나 바다 쪽을 주시한다. 묵직한 바윗덩어리가 모습을 드러낸다. 느릿느릿 모래사장 쪽으로 다가오는 것이 보인다. 움직이는 바위다! 내가 생각했던 작은 돌멩이가 아니었어! 나보다 훨씬 크잖아! 느리지만 부드러운 움직임 뒤에 가장 먼저 눈에 들어오는 건 두툼한 등껍질이다. 시간이 새긴 흔적들이 가득해 보인다. 기대 반, 두려움 반으로 다가가 인사를 한다.

"안녕하세요, 거북이님. 거북이님을 만나고 싶어서 기다리고 있었어요."

"나는 그냥 거북이가 아니야. 바다거북이일세."

말투가 특이하다. 할아버지와 같이 보던 옛날 역사 드라마가 생각난다. 계속 말을 걸어도 되는 걸까? 그래도 용기를 내어 본다.

"네, 스텔라냥님이 여기서 기다리면 바다거북이님을 만날 수 있다고 알려 주셨어요."

"스텔라냥?"

"네!"

"그럼 자네 수영을 배우러 온 겐가? 사전 예약도 없이?"

"아니에요. 부산에 있는 친구를 찾으러 가는 길인데, 바다거북이님이 가는 길을 알려 줄 수 있을 거라고 해서요."

"이런, 부산까지 데려다 주고 싶지만 누구를 태우고 그 먼 거리를 가는 건 쉽지 않다네. 하지만 울산까지는 데려다 줄 수 있지. 부산 가는 길목이거든."

바다거북은 느릿한 걸음으로 백사장을 걷는다. 답답할 정도의 느림이다. 이래서 나를 어떻게 데려다 줄 수 있다는 거지?

"잠시 기다려 주겠나? 일광욕을 할 생각이네."

"네, 거북이님, 아니 바다거북이님."

바다거북은 팔과 다리를 쭉 뻗고 가만히 누워 있는다. 엎드려 있는 건가. 나도 그 옆에 앉는다. 강아지와 바다거북의 조합이라, 꽤나 신선한데. 인간들이 신기한 걸 봤다고 자랑하기

딱 좋은 그림이다.

"인간들은 말이야. 우리 거북이들이 느린 동물이라고 알고 있지."

"느린 건…… 맞지 않나요?"

"이리 따라와 보게."

바다거북은 천천히 바다 쪽으로 향한다. 한 발 한 발 억겁의 시간이 흐르는가 싶었는데 잠시 눈을 돌린 사이 보이지 않는다. 어, 어디로 사라진 거지?

"이보게! 여기까지 와 볼 수 있겠나?"

아니, 언제 저 멀리 물속까지 들어간 거지? 숨기고 싶은 비밀이 하나 있는데 나는 수영을 못 한다. 전에 수주가 나를 욕조에 넣었을 때 정말 끔찍했다. 죽기 살기로 네 다리를 버둥거리며 발차기를 해댔는데 그걸 보고 수영 잘한다고 박수 치는 수주가 처음으로 미웠었다.

"바다거북이님! 저, 수영 못 해요!"

바다거북은 다시 물속으로 사라지더니 잠시 후 육지로 쓱 모습을 드러낸다.

"나보다 헤엄을 잘 치는 인간은 없을 게야."

"흠, 육지에서는 느리지만 물에서는 빠르다는 뜻이죠?"

"누구에게나 장점이 있는 법이라네. 그런데 인간들은 한쪽만 보고 판단해 버리지 않는가 말이야. 나는 거북이와 토끼 이야기를 좋아하지 않아. 그 이야기가 공정해지려면 경기 코스

중간에 호수가 작게라도 있어야 하지 않냐 말이야."

무슨 말이지? 토끼와 거북이가 무슨 시합이라도 했었나? 그냥 아는 척하고 넘겨야겠다.

"맞아요. 저도 그렇게 생각해요. 아, 잠깐. 그런데 바다거북이님은 물속에서도 있고 물 밖에서도 있을 수 있는 거네요. 그러면 물속에서도 숨을 쉴 수 있고 물 밖에서도 숨을 쉴 수 있다는 건가요!"

"그렇지, 그렇지. 이제야 바다거북의 진가를 알아보는구먼."

"정말 대단해요! 저도 바닷속을 마음껏 여행하고 싶거든요. 텔레비전에서 그러는데 바다는 인간이 탐험하지 못한 미지의 세계라고 했어요."

"인간이 아는 바다는 아주아주 일부에 불과하다네. 진짜 바다는 바다에서 사는 나 같은 해양 생물만이 알 수 있지."

"궁금해요. 바다는 어떤 곳이에요?"

"궁금한 겐가?"

"그럼요!"

"물을 무서워하는 줄 알았는데 용감하구먼. 바닷속으로는 못 들어가겠지만 내 등에 타면 저기 섬까지는 다녀올 수 있을 게야."

"와, 신나요 신나!"

나는 바다거북의 등에 토끼처럼 폴짝 뛰어 올라탄다. 딱딱

하지만 넓고 편안하다.

"이런, 보기보다 너무 가벼운 게 아닌가."

"털 때문에 커 보이는 거예요. 사실 날씬해요."

"섬에 맛있는 과일들이 있으니 많이 드시게."

"와, 좋아요! 그런데요. 바닷속에 정말 보물들이 있나요? 저랑 같이 살던 인간이 바닷속에는 보석들이 가득하다고 했거든요."

"금, 은, 다이아몬드 같은 돌멩이를 말하는 모양이구면. 인간들이 그런 걸 보물이라고 부르는 걸 내 알지. 하여튼 철부지들이야. 진짜 보물은 말이야……. 흠, 이따 보여 줄 것이니 기다려 보시게."

"우와, 네!"

바다거북이 느릿느릿 걷더니 물속으로 미끄러지듯이 들어간다. 진짜로 물에 떠 있는 느낌이다. 수주와 같이 탔던 뒤뚱거리는 오리배의 느낌과는 사뭇 다르다. 더 부드럽고 더 빠르다.

바다거북은 등껍질 위에 나를 태우고 바다를 가로지른다. 복슬복슬한 털이 날린다. 촉촉한 바닷바람을 느낀다. 점점 빨라진다. 엄청난 속도다. 펄럭이는 귀가 뒤집힐 지경이다.

갑자기 바로 옆에서 커다란 물길이 솟구친다. 철썩하고 물벼락을 맞는다.

"으악!"

"허허허, 돌고래들이지. 호기심이 많은 녀석들이야. 육지에서 온 자네가 궁금한 모양이구먼."

'칭찬은 고래도 춤추게 한다'는 인간들의 말이 생각난다. 앞만 보고 점프만 할 줄 아는 저 멍청한 돌고래들이 칭찬을 받는다고 춤을 춘다는 건 말도 안 된다. 하여튼 인간들이란 알지도 못하면서 아는 척만 해댄다. 털에 묻은 물기를 털어 내고 싶지만 바다거북의 등에서 떨어질까 봐 꼼짝도 못 하고 가만히 있는다.

가도 가도 끝이 없는 이 바다의 끝은 어디일까? 저 바다 끝에는 뭐가 있을까? 벽으로 막혀 있을까? 아니면 낭떠러지일까? 끝없이 바다일 수도 있는 걸까?

"거의 도착했네."

멀리서는 보이지 않던 섬이 불쑥 눈앞에 나타난다. 아무도 없는 섬이다. 바다거북이 뭍으로 오르더니 이제 내리라는 듯 움직임을 멈춘다. 폴짝 뛰어내린다.

"우리만 아는 비밀의 섬이라네. 우린 이 섬을 세렌디피티 섬이라고 불러. 인간의 손이 닿지 않은 곳이지."

"그 춥고 멀다는 북극과 남극, 우주까지 탐험하는 인간들이 여길 와 본 적이 없다고요? 에이, 설마요."

"허허, 사실이라는 데도 그러네. 이 섬은 하루에 딱 한 시간만 수면 위로 떠오르거든. 나머지 스물세 시간은 물에 잠겨 있는 상태야. 그러니 인간들은 이 섬의 존재를 모를 수밖에."

잔잔한 파도 소리와 함께 어디선가 향긋한 꽃 냄새가 난다.

섬 주변을 둘러본다. 신기하게도 물속에 잠겨 있던 흔적이라고는 찾아 볼 수 없다. 바다거북의 말이 거짓말 같다.

섬 안쪽으로 촉촉한 늪지가 보이고, 낮은 언덕 위에는 갈대 비슷하게 생긴 것이 바람에 흔들린다. 해안가를 따라 한 바퀴 뛰어도 15분이면 충분할 것 같은데 희한하게도 세로로 길쭉하다. 내가 서 있는 반대쪽으로는 샛노란 식물들이 우거져 있으며, 신기하게 생긴 꽃들이 진한 향기를 풍긴다. 섬 전체가 형형색색으로 아름답게 물들어 있다.

"바다거북이님은 여기 자주 오시나요?"

"중요한 얘기를 해야 할 때나 혼자서 생각할 게 많을 때 여기에 오곤 하지. 햇빛이 그리울 때도 그렇고."

"바다거북이님은 늘 가고 싶은 곳에 갈 수 있으니 걱정이 하나도 없겠어요. 저는 항상 걱정투성인데……."

"아직 세상 물정을 몰라서 그런 게야. 딱 봐도 자네는 길어 봐야 십오 년은 살겠다 싶은데 나는 백오십 년을 살아야 해. 내가 지금 몇 살처럼 보이는가?"

"몰라요. 스텔라냥님이 자기보다 어른이라고만 했어요."

"여든아홉이라네. 앞으로 육십 년은 더 살아야 하니 나야말로 고민이 많을 수밖에."

"네? 여든아홉요? 그런데 이렇게 수영을 잘하세요?"

"이 나이면 그래도 젊은 축이지."

"그런데 뭐가 고민이에요?"

"우리 거북이들은 말이야. 우리들의 인생이 길다는 것을 알아서 시간을 흥청망청 낭비하지."

"낭비라고 생각할 수도 있지만 한편으로는 즐기는 게 아닐까요?"

"그저 시간이 가기만을 바라며 바다 위에 둥둥 떠 있는 시간이 너무 무의미해. 지루하고 재미가 없어. 그래서 요즘 새로운 것들을 시도하려고 한다네. 수영 강습 같은 거 말일세."

"혹시 아주 아주 먼 옛날에 바닷속에 가라앉았다는 해적 보물선 찾기는 해 보실 생각 없으세요?"

"인간들이 만들어 낸 가짜 이야기를 믿는 겐가?"

"가짜 이야기라구요? 하여튼 인간들이란…… 알겠습니다."

꼬르륵. 뱃속에서 청량한 신호음이 들린다. 이 소리를 듣자마자 갑자기 허기가 느껴진다.

"배가 고픈 모양이구나. 과일 좀 먹으러 가 볼까?"

"네, 좋아요. 그런데 바닷물에 잠기는 섬인데 과일이 있나요?"

"이 섬의 과일나무들은 특별하지. 한 시간만 햇볕을 받고 나머지는 물속에 잠겨 있는데도 과일이 열린다네. 이 섬은 그런 곳이야. 과일나무는 저쪽에 있으니 먼저 가 보게. 아무래도 나는 육지에서는 느리니 천천히 따라가겠네."

키 작은 야자수들이 옹기종기 모여 있다. 나무에는 기묘한 빛깔을 뿜어내는 과일이 먹음직스럽게 매달려 있다.

쿵쿵. 쿵쿵. 냄새가 환상적이다. 과일을 꽉 깨문다. 과즙이 봇물 터지듯이 나온다. 와작와작와작. 찹찹찹찹. 바닷물에 잠겨서 짤 줄 알았는데 짠맛은 전혀 없다. 90퍼센트 단맛과 10퍼센트 상큼한 맛이 섞여 입안을 꽉 채운다. 할아버지가 몰래 주시던 사과나 수박과는 차원이 다른 맛이다.

입 주변에 과일즙이 가득 묻고, 여기저기 즙이 튄 부분에 털이 엉켰다. 고양이가 봤으면 추접스럽다고 했겠지만 여기에는 고양이가 없다. 튼튼한 이빨과 부드러운 혓바닥을 이용해서 남김없이 먹어 치운다.

"아, 배부르다."

바다거북은 땅바닥에 엎드려 만족스럽게 꼬리를 흔들고 있는 나를 흐뭇한 표정으로 바라본다.

"바다거북이님도 드셔 보세요."

"나는 이미 많이 먹어 봤다네."

"맛이 너무 좋아요. 육지에서는 맛볼 수 없는 그런 맛이에요. 혹시…… 이게 보물인가요?"

"보물은 이따가 알려 주겠네."

혓바닥으로 코와 입 주변을 닦으며 식사를 마무리 짓는다.

"우리는 이 과일을 '라이프베리'라고 부르지."

"라이프베리……."

입안에 남아 있는 과일의 향은 어린 시절의 기억과 꿈, 그리고 미래의 희망으로 가득하다. 몸속에서 생생한 에너지가 샘

솟는 느낌이 든다. 이야기의 주인공이 된 것처럼 새로 태어난 기분이랄까.

"기분이 이상해요. 물론 좋은 쪽으로요."

"상처 입은 동물들이 치유할 때 먹는 과일이지."

"저는 아무런 상처가 없는데…… 왜 저에게…….'"

"앞으로 가야 할 길이 험난할 것 같아서 말이야. 오늘 하루만큼은 이 라이프베리가 자네의 체력을 받쳐 줄 걸세."

"네?"

"오래 살다 보면 보이는 것들이 있다네."

"같이 사는 할아버지도 그래요. 제 눈빛만 봐도 무슨 생각을 하는지 알아요. 똥이 마려운지, 오줌이 마려운지, 배가 고픈지, 졸린지. 나이 든 인간이나 나이 든 거북이나 경험에서 나오는 뭔가가 있으시군요."

나는 말하면서 다시 한번 입 주변을 혓바닥으로 싹 훑는다. 그리고 바다거북의 눈치를 보며 쭈뼛쭈뼛 질문을 던진다.

"정말 궁금한 게 하나 있는데요. 질문해도 될까요?"

"물어보시게."

"바다거북이님들은 뒤집히면 어떻게 다시 일어나요?"

"허허, 그런 게 궁금했는가? 모두에게는 각자 살아가는 방법이 있지. 불의의 사고로 뒤집히면 말일세. 한쪽 발을 땅에 지지한 채 힘차게 밀어내는 거야. 그러면 뱅그르르 돌아가게 되지. 그때 원심력을 이용해서 목에 힘을 딱 주면 반동에 의해 일어날 수 있다네."

"그렇군요. 누군가 도움을 주지 않으면 큰일 나는 줄 알았어요."

"이 세상 모든 동물들은 말이야. 누군가 뒤집어 주지 않으면 타 버리는 붕어빵이 아니야. 각자가 극복해 가는 방식이 있지. 지금 자네도 그렇지 않은가. 가족을 만나기 위해 여기까지 온 걸 생각해 보게."

파도 소리가 점점 크게 들린다. 섬의 크기가 점점 작아지고 있다. 조금만 더 지체하면 나까지 집어삼킬 것 같다.

"물이 차오르는 건가요?"

"그래, 떠날 시간이네. 배부르게 먹었는가?"

"네, 엄청 배불러요. 완전히 새로 태어난 느낌이에요."

"그러면 이제 울산까지 전력으로 가 보겠네."

촤아아아아! 바다를 가로질러 간다. 뒤를 돌아보니 섬이 거의 다 잠겨 간다.

잠시 후, 앞쪽에서 다른 바다거북이 한 마리가 다가온다. 우리도 서서히 속도를 늦춘다.

"여보!"

"어머, 이 강아지는 누구예요?"

"길 잃은 강아지인데 울산까지 데려다줄까 해서."

"잘 다녀와요. 나는 저 등대 근처 바닷가에 알을 낳고 올게요."

"이따 내 그쪽으로 갈 테니 곧 봅시다."

'여보'라고 부른 것을 보니 부인인가 보다. 그런데…… 알을 낳는다고? 출산을 하는데 같이 가야 하는 거 아닌가?

"바다거북이님, 같이 가 보셔야 하는 거 아니에요? 자녀들이 태어나는 날이잖아요."

"정확히 말하면 알들이 세상 밖으로 나오는 날이라지. 아이들은 며칠 있어야 나온다네."

"그래도요."

"나도 같이 가고 싶지만 같이 가선 안 돼. 우리는 바다와 육지를 왔다 갔다 해야 하는데 바다에 들어간 사이 다른 동물들이 훔쳐 가는 경우가 많거든. 최대한 눈에 띄지 않게 아내 혼자서 조용히 낳고 모래로 덮은 뒤 돌아와야 해. 그래야 무사히 부화할 수 있지."

"아니, 그러면 자녀들의 얼굴을 못 보는 건가요?"

"놀라기는. 나도 부모님이 누군지 모른다네. 어쩔 수 없는 일이야. 오래전부터 내려온 바다거북들만의 생존 방식인 게지."

"그럼 딸이 몇 명이고 아들이 몇 명인지조차 모르시겠네요."

"그건 대략 아는 방법이 있다네. 우리 거북이의 성별은 모래의 온도에 따라 결정돼. 모래 온도가 높으면 암컷이고, 온도가 낮으면 수컷이 되는 게지."

"와, 온도로 성별이 정해지다니 너무 신기해요!"

"자연은 우리가 아는 것보다 훨씬 오묘하고 다채로운 법이야. 이 바다처럼 말이지. 자, 이제 속도를 다시 올려 볼까."

강아지가 거북이 등을 타고 바다를 건너다니……. 지금 내가 꿈을 꾸고 있는 것 같다. 나중에 수주에게 얘기해 줘도 믿지 않을 거야. 하지만 만나서 꼭 들려주고 싶어.

"여길세. 다 왔어."

"여기가 울산이라는 곳인가요?"

"그렇다네. 저기 있는 도로를 따라가다가 멀리 보이는 산을 넘어가면 부산이라는 도시에 도착할 게야."

"바다거북이님, 제가 성함을 여쭤봐도 될까요?"

"코랄터틀. 코랄터틀이야. 자네 이름은?"

"제 이름은 '나', '또'입니다."

"나또…… 사랑스러운 이름이구나."

이제 헤어질 시간이다. 막상 헤어지자니 아쉽다. 하지만 나는 수주를 찾아야 한다.

"코랄터틀님, 정말 감사했어요."

"나도 보람 있었네. 잠깐 봤지만 자네는 아주 똑똑한 강아지야."

코랄터틀은 내 눈을 똑바로 바라보며 말한다.

"앞으로 살면서 좋은 날들보다 힘든 날들이 더 많을 거야.

하지만 그 시간을 견디며 자신만의 라이프베리 나무를 키우다 보면 열매를 맺을 시간은 반드시 올 거라네."

눈만 동그랗게 뜬 채 아무 말도 하지 못했다.

"자, 그럼 이제 나는 가 보겠네."

코랄터틀님은 부드럽게 바닷속으로 사라졌다가 순식간에 저쪽 멀리서 고개를 내민다.

"잠시만요! 코랄터틀님! 아까 말씀하신 보물은 어디 있나요?"

바다거북은 씩 웃으며 말한다.

"자네 발밑을 보게!"

나는 모래사장에 고여 있는 바닷물을 내려다본다. 파란 모자를 쓴 강아지가 보인다. 귀엽다. 앙증맞다.

"자네는 지금 세상에서 가장 소중한 보물을 보고 있는 걸세!"

코랄터틀은 이 말을 남기고는 파랗고 투명한 바닷속으로 사라졌다.

"이제 내가 자란 곳이 아닌,

내 뿌리가 있는 이곳의 미감으로

가구를 만들어 보고 싶구나."

모르겐프리스크

    가구 공방 '모르겐프리스크'. 붉은 벽돌로 지은 오래된 단독 주택을 리모델링해 주거지 겸 공방으로 사용하고 있다. 작은 창문은 통창으로 크게 넓혔다. 낮았던 천장은 오픈 천장으로 바꿔 개방감을 높였다.

    오늘도 오픈 전부터 줄이 길게 서 있다. 토요일과 일요일에만 오픈하는 이곳은 예약은 받지 않는다. 오직 선착순이다.

    월요일부터 금요일 사이 제작한 가구를 주말에 판매한다. 대부분의 가구는 토요일 정오가 되면 거의 다 팔린다. 제작 수량이 많지 않고 가격도 비싸다. 그러나 전국에서 사람들이 모르겐프리스크의 가구를 사기 위해 새벽같이 달려온다. 말 그대로 '오픈런'이다.

    토요일 점심시간. 가구는 모두 팔렸다. 할아버지는 대문 앞에 '마감되었습니다'라는 푯말을 건다. 기다리던 한 커플이

"그러게 내가 더 일찍 오자고 했잖아", "다음 주에 일찍 오면 되지"라며 티격태격한다. 줄을 서 있던 사람들은 아쉬워하며 발걸음을 돌린다.

할아버지는 대문을 닫는다. 기름칠을 한 덕분인지 부드럽게 닫힌다. 오전 9시부터 오후 1시까지 1초도 쉬지 않고 계산하고, 포장하고, 손님들의 질문에 답을 하느라 진이 빠진 수주는 마지막 힘을 내어 마무리 정리를 한다.

손을 씻기 위해 화장실에 간다. 비누로 쓱쓱 손을 비벼 거품을 내고 세면대의 물을 튼다. 고개를 들어 거울을 본다. 양쪽 볼에 방울토마토를 하나씩 물고 있는 것 같다. 살은 언제, 어디서, 무엇을, 어떻게, 왜 이렇게 찐 거지? 아니야, 잠시 부은 거야. 부기만 빼면 다시 예전으로 돌아갈 수 있어. 가구 공방에서 고된 육체노동을 하다 보니 예전에는 잘 먹히지 않던 공기밥 한 공기는 가볍게 해치우고 있다. 수주는 고등학교를 졸업하고 바로 목공 일을 시작했다. 대학에 간 친구들이 딱히 부럽거나 하지는 않았지만 그 친구들과 자연스럽게 멀어지는 게 마음이 쓰였다.

그래도 치킨은 누가 옆에 없어도 혼자 먹을 수 있으니 밤마다 시켜 먹었다. 작업 중에는 전날 마시다 남은 콜라를 물 대신 마셨다. 밤에는 치킨, 낮에는 콜라. 그렇게 점점 탄수화물 여신으로 진화한 끝에 고등학교를 졸업한 지 1년 만에 10킬로그램이 쪘다.

수주는 할아버지께 일주일에 한 번씩은 물었다.

"할아버지, 저 살쪄 보여요?"

"아니. 오히려 마른 것 같구나. 어느 정도 살집이 있어야 복이 들어오지."

그 말을 위안으로 삼은 내가 바보지, 어휴.

그래도 아직은 탱글탱글한 두 볼을 손바닥으로 가볍게 탁탁 치고, 화장실 불을 끄고 나간다.

다음 날 아침, 수주는 신문을 들고 할아버지 쪽으로 달려간다. 나또는 수주를 따라 꼬리를 흔들며 폴짝폴짝 같이 뛰어간다.

"할아버지, 이것 좀 보세요. 니케아라는 대형 가구 회사가 우리나라에 들어온대요!"

"그렇구나."

할아버지는 아무렇지 않은 듯 대추가 띄워진 차를 마신다.

"우리 공방 문 닫아야 할지도 몰라요. 사람들은 우리 가구를 더 이상 사지 않을 거예요."

"그것 참 좋은 소식이구나. 이제 쉬어도 되겠네."

"그럼 우리 굶게 되는 거 아니에요? 나또야, 어떡하지? 우리 거지가 될 수도 있어! 이럴 때 너의 위로가 필요해. 나 좀 위로해 줘."

수주는 갑자기 나또의 발에 코를 갖다 대고 숨을 쭉 들이마신다.

"음, 꼬순내. 너무 좋아. 중독적이야. 위로가 되고 있어.

음."

할아버지는 강아지 발냄새에 심취한 수주를 바라보며 말한다.

"니케아 가구에 만족하는 사람들도 많을 거야. 난 그것도 좋다고 본단다. 모르겐프리스크 같은 고가의 가구가 부담스러운 사람들도 분명히 있으니 말이야."

"그럼 우리도 적당히 기계 써 가면서 대량생산 하면 되잖아요."

"그건 내 신념과 맞지 않아. 우리가 직접 만든 가구들 하나하나는 좋은 품질과 내구성을 갖추고 있고, 최상급 재료를 쓰잖니. 무엇보다도 우리의 정성이 고스란히 손님들에게 전달되는 게 중요하기 때문이란다."

"답답해요. 기계를 써도 그런 정성 같은 건 충분히 구현해 낼 수 있어요. 요즘 세상이 어떤 세상인데요."

"내가 고지식한 걸 수도 있겠지만 이 할아버지는 옛날 방식 이대로가 좋구나."

나또는 고개를 갸웃거리며 두 사람을 쳐다보고 있다.

할아버지는 태어나자마자 덴마크로 입양되었다가 서른 살 무렵에 친부모의 나라에 관심이 생겨 한국으로 왔다. 한국에 오기 전까지 가구 공장에서 일했던 경력을 살려 조그만 가구 공방을 차렸다. 공방에서 만들어진 가구들은 한국에서 볼 수 없는 디자인에, 북유럽 수입 가구 쇼룸에서도 볼 수 없었던 평범하면서도 독특한 매력을 가지고 있었다. 할아버지의 가구를 본 사람들은 평소 가구에 관심이 없었더라도 금세 매료되었다.

"할아버지, 이번에 나오는 신제품 테스트는 언제 해요?"

"테스트는 다음 달로 미뤄야 할 것 같아. 벌써 5월이구나."

"5월이라면…… 여기 온 지 3년 하고도 2개월이 되는 날이네요."

"응, 올해는 부산으로 가려고 해."

"벌써 3년이나 됐다니. 이제야 조금 자리 잡을 만했는데……. 서울이라는 도시에 애착도 생겼고요."

"시간 참 빠르지."

할아버지는 한자리에 오래 있으면 긴장이 풀어지는 것 같다며 3년에 한 번씩 이사한다. 정확히 말하면 가구 공방이 이사를 한다. 서울에 오기 전에는 공주에 있었다. 그전에는 강릉, 그전에는 여수, 그전에는…… 기억이 안 난다.

"할아버지, 그냥 우리 여기 있으면 안 돼요?"

"아주 좋은 곳을 봐 뒀어."

"여기보다 더 좋은 곳이 있어요?"

"응. 한옥으로 된 곳이야. 그동안은 내가 자랐던 덴마크 스타일로 디자인을 했다면 앞으로는 한옥의 유려한 곡선과 직선을 모티브로 한 가구를 만들려고 해. 한옥의 맵시를 결정하

는 처마의 선은 마치 한복 소매 아래의 둥그란 배래 선과 비슷
하지. 이제 내가 자란 곳이 아닌, 내 뿌리가 있는 이곳의 미감
으로 가구를 만들어 보고 싶구나."

"할아버지가 그렇게 말씀하시니 반대를 못 하겠네요. 그리
고 이미 마음먹으셨고요."

"그래, 이제 난 낮잠을 좀 자야겠다."

할아버지는 마룻바닥에 눕는다. 나또는 할아버지 배 위로
폴짝 올라간다. 할아버지는 졸린 눈을 감는다. 나또도 졸린 눈
을 감는다. 할아버지의 배가 오르락내리락한다. 나또도 할아
버지의 숨소리에 맞춰 오르락내리락한다.

점점 더 날카로운 바람이 분다.

아침에 들었던 나뭇잎 흔들리는 소리는 청량하기만 한데

밤중에, 그것도 낯선 숲속에서의 소리는

공포심을 자극한다.

하루루

해안을 따라 길게 뻗어 있는 도로를 따라 달린다. 물에 비친 보물이 무엇인지 생각한다. 잘생긴 내 얼굴이 보였는데. 내가 보물이라는 건가? 나는 금은보화가 아닌데? 모르겠다. 일단 달려 보자.

풀썩풀썩 아래위로 귀가 움직인다. 바람의 저항이 강해질수록 펄럭이는 귀의 궤적이 더 커진다. 배는 아직 든든하지만 갈증이 난다. 물을 마시고 싶다. 저기 편의점이 보인다. 편의점 밖에는 인간 셋이 앉아 있다. 빵 냄새가 감지된다. 달리기 속도를 낮추고 천천히 인간들에게 접근한다.

"앗! 강아지네. 모자를 쓰고 있어! 오구오구, 아가야, 이리 와 볼래?"

이 인간이 나를 완전 애 취급한다. 하긴 내가 동안이긴 하지.

"이리 와 봐. 귀여운 강아지야. 이 모자는 누가 만들어 준 거니? 너무 귀엽다."

혹시 물이라도 줄까 싶어 천천히 다가간다. 내 의지와 상관
없이 꼬리가 천천히 좌우로 흔들린다.

"야, 빵 남은 거 있어? 강아지한테 빵 좀 주자. 딱 봐도 배고
픈 표정이야."

엥? 내가 배고픈 표정이라고? 하긴 혀를 길게 내밀고 있으
니 그렇게 보일 수밖에.

인간은 먹고 있던 빵을 조금 찢더니 손바닥에 올려 내 입 가
까이 가져다준다. 킁킁거리며 냄새를 맡는다. 필요한 건 이게
아니다. 빵을 먹으면 목 막혀서 죽을지도 모른다.

"빵 안 먹네."

"혀를 내밀고 있는 걸 보니 목마른 거 아니야?"

오! 개에 대해서 뭔가 아는 인간이다.

세 명의 인간 중 한 명이 종이컵에 물을 따른 뒤 바닥에 내
려놓는다. 킁킁. 혹시 독약 같은 섬뜩한 액체가 섞여 있는 건
아닌지 냄새를 맡아 본다. 없다. 순수한 물 냄새뿐이다. 찹찹
찹찹. 목을 축인다. 살 것 같다.

내가 물 마시는 모습을 보며 귀엽다고 웃어 대던 인간 셋은
어느새 가 버리고, 나는 테이블 아래 그늘에서 잠시 쉰다. 발
바닥이 욱신거리는 걸 보니 열심히 뛰어오긴 했다.

쏴아아. 파도 소리가 들린다. 멀리 바다를 바라보며 생각한
다. 할아버지와 수주는 지금 뭘 하고 있을까. 나를 애타게 찾

고 있겠지? 설마 나를 잊은 건 아니겠지? 딱딱한 콘크리트 바닥에 앉아 있으니 포근했던 할아버지 배 위가 더 그리워진다.

라이프베리 때문인지 풀렸던 네 개의 다리에 힘이 금방 돌아온다. 정신도 말짱해진다.

그전에, 오줌이 마렵다. 편의점 바깥쪽 벽에 시원하게 일을 본다. 이때 다리를 적당히 치켜드는 것이 중요하다(비밀인데 지난번에 암컷 푸들 앞에서 멋져 보이려고 다리를 너무 많이 들었다가 넘어질 뻔했다). 아, 역시 편의점 벽이 오줌 싸기에는 최고다. 몸이 가뿐해진다.

이제 달려 볼까? 수주를 만나러 갈 시간이다. 도로를 따라 질주한다. 뒷다리와 앞다리는 빠르고 거칠게 지면을 밀어낸다. 내 옆으로 코끼리가 휙휙 지나간다. 어쩐지 코끼리도 따라잡을 수 있을 것 같다.

달리고 또 달린다.

배고프다고 냉장고로 돌진하는 수주가 된 것 같다.

드라마 봐야 한다고 소파로 돌진하는 수주가 된 것 같다.

엉덩이를 부여잡고 화장실로 돌진하는 수주가 된 것 같다.

신호등 깜빡일 때 이번에 꼭 건너야 한다고 돌진하는 수주가 된 것 같다.

아…… 내 머릿속에는 수주뿐이구나. 수주 생각을 하며 달리다 보니 작게만 보이던 산이 커져 가고 있다.

산 입구에 도착했다. 숨을 고른다. 코랄터틀님이 이 산을 넘으면 부산이라는 도시가 나온다고 했다. 그런데 산의 크기가 멀리서 본 것보다 훨씬 크다. 큰 것도 아니고 거대하다. 뒷동산이 아니라 산맥이라고 해야 맞을 것 같다. 어느 세월에, 어떻게 넘지?

망연자실한 채 산 입구에 서 있는데 갑자기 큰 그림자가 불쑥 튀어나온다.

"왈! 깜짝이야. 누, 누구세요?"

"안녕하세요. 혹시 아기 캥거루 봤나요?"

"네? 아, 아니요. 못 봤어요."

"후우, 그렇군요."

"저는 부산으로 가는 중입니다. 이 산을 넘으면 부산이 나온다고 해서요."

"이 높은 산을 넘으려고요?"

독특한 신체 구조를 가진 동물이 걱정스럽게 던지는 질문에 갑자기 기세등등해진다.

"이 정도 산쯤이야, 코앞에 있는 간식 안 먹고 기다리기보다 쉽죠."

"산에서는 방향을 잃기가 쉬워요. 아무리 가도 제자리인 경우도 있거든요. 아, 제 소개가 늦었네요. 나는 '하루루'라고 해요. 멀리서부터 달려오는 걸 봤는데 엄청 빠르던데요? 이렇게 빠른 개는 처음 봤어요."

"인간의 속도에 맞추기 위해 천천히 걷는 강아지들만 보셨을 거예요. 이건 비밀인데 치타랑 제대로 대결하면 제가 이길 지도 몰아요. 헤헤."

"그, 그렇군요……."

너무 나갔나? 에이, 괜찮아. 어차피 치타를 만날 일도 없을 텐데.

해가 어느덧 뉘엿뉘엿 저물어 간다. 마음이 급하다. 빨리 부산으로 향해야 한다.

"하루루님, 부산까지 가는 길을 아시나요?"

"이렇게 어두운데, 혼자서 갈 수 있겠어요?"

계속 나를 걱정해 준다. 당연히 혼자서 갈 수 있다!

"빛 따위가 없더라도 저의 후각은 워낙 뛰어나기 때문에 충분히……."

휘이이이이잉. 바람에 날카로운 쇳소리가 섞여 있다. 조금 무섭다. 아주 조금만 무섭다.

"갈 수는 있지만…… 오늘은 피곤하네요. 하하."

"너무 급하게 생각하지 말아요. 안전하게 가는 게 가장 빨라요. 이리 와요. 여기서 자고 내일 나랑 같이 가요. 내가 데려다줄게요."

나는 성큼성큼 뛰어가는 하루루님의 뒤를 따라간다. 나무가 빽빽하다. 영역 표시할 곳이 너무 많다. 우리 강아지들은 태생적으로 나무나 전봇대가 있으면 그것을 확인하는 습관이 있다. 특히 아무런 냄새가 나지 않으면 내가 1등으로 영역 표시를 하고자 하는 욕구가 솟구친다.

하루루님을 따라 산으로 조금 올라가자 코끼리만 한 바위와 잎이 무성한 나무 사이에 동굴이 있다. 나 혼자 왔으면 지나쳤을 것 같다.

"들어와요."

설마 납치되는 것은 아니겠지? 두려움이 스멀스멀 밀려온다. 우물쭈물 입구에 멈춰 서 있으니 하루루님이 다정하게 웃으며 말한다.

"괜찮아요. 들어와요."

뒤를 돌아보니 이미 해는 지고 어두워진 길이 보이지 않는다. 멀리서부터 불어온 흙과 나무 냄새 때문인지 몰래 찔끔찔끔 해 두었던 영역 표시 냄새도 나지 않는다. 점점 더 날카로운 바람이 분다. 아침에 들었던 나뭇잎 흔들리는 소리는 청량하기만 한데 밤중에, 그것도 낯선 숲속에서의 소리는 조금 무섭다.

하늘 위에는 별빛이 반짝인다. 지금 수주도 저 별을 보고 있을까? 그때 별똥별 하나가 긴 꼬리를 그리며 떨어진다. 놓칠세라 눈을 또렷이 뜨고 별똥별을 바라보며 소원을 빌어 본다.

하루루님을 따라 들어간다. 동굴 안이 생각보다 밝다. 오래전에 인간들이 머물렀었는지 인간들 냄새가 흐릿하게 남아 있다.

"여기가 내가 머무르는 곳이에요."

바깥에서 보기보다 넓은 공간이다. 한쪽에는 포근한 담요가 깔려 있다. 긴장이 순식간에 싹 풀린다.

"편하게 앉아요."

"고맙습니다."

하루 종일 달려서 그런지 무거웠던 몸이 스르르 녹는다. 라이프베리의 효과도 사라진 듯하다.

하루루님은 아까부터 나를 애정 어린 눈빛으로 바라보고 있었다.

"내 아이 같아요."

"네? 하루루님, 아이가 있으세요?"

"네."

"어디 있어요?"

"……잃어버렸어요."

"네에?"

"내 아이 '로토루'도 파란 모자를 쓰고 있었거든요. 멀리서 파란색 모자를 쓴 동물이 달려와서 순간 로토루인 줄 알고 심장이 쿵 내려앉는 거 같았어요. 그래서 유심히 봤던 거예요. 털 색깔도 로토루와 비슷하고……."

"어떻게 된 거예요?"

"나와 로토루는 원래 호주에 있는 동물원에 있었어요. 로토루가 태어나고 나서 한국에 있는 동물원으로 옮겨졌어요. 한국의 동물원 사육사들은 친절했어요. 교감할 수 있었죠. 하지만 우리가 생활하는 공간이 너무 좁았어요."

"그랬군요……."

"매일 반복되는 일상은 지루했어요. 울타리 안에서 매일 똑같은 먹이를 먹고, 똑같은 사람들을 만났죠. 한편으로는 전혀 모르는 낯설고 시끄러운 인간 무리에게 시선을 받는 것도 괴로웠어요."

하루루는 동굴 한쪽 벽을 바라보며 말을 이어간다.

"로토루도 같은 생각이었어요. 넓은 자연에서 자유롭게 뛰어다니고 싶어 했고, 새로운 경험을 쌓으며 다른 동물들과 교류하고 싶어 했어요. 아는지 모르겠지만 동물원은 다른 동물들과는 만날 수가 없는 구조예요. 로토루도 내가 자장가처럼 얘기해 준 호주의 넓은 하늘 아래 마음껏 뛰어노는 상상에 빠져들었죠. 결국 한국에 온 지 두 달이 지나고 나서 나와 로토루, 둘 다 시름시름 아프기 시작했어요."

"이런……."

"사육사들이 아무리 치료해 주고 보살펴도 나아지지 않았어요. 어느 날, 로토루와 나는 다른 곳으로 보내지게 되었는지 트럭을 타게 됐어요. 이때가 아니면 나갈 수 없다는 생각이 강하게 들었고, 마침 케이지가 잠겨 있지 않은 걸 봤어요. 그래서 로토루를 배 주머니 안에 넣고 있다가 트럭 문이 열리자 마자……."

"도망치셨군요."

"네."

"어디로 갈지 정하고 나온 건가요?"

"아니요. 그냥 나온 거예요. 목적지도 없었고, 어디로 가야 할지도 몰랐죠. 해방감과 두려움이 공존했어요. 외부 세계가 동물원과는 다른 위험과 어려움으로 가득 차 있다는 것을 알고 있었거든요."

"로토루와는 왜 헤어지게 된 거죠?"

"이 산꼭대기에 다다랐을 때 발을 헛디뎌 미끄러지면서 데굴데굴 굴렀어요. 한참을 구르고 굴러 정신을 차려 보니 배 주머니 안에 있던 로토루가 사라진 거예요."

"다시 만날 수 있게 도와드리고 싶어요. 제 후각은 엄청나거든요. 하루루님의 냄새를 기억해 둘게요. 킁킁."

"고마워요. 로토루도 똑같은 모자를 쓰고 있었어요."

"혹시…… 동물원에서 받은……."

"네, 맞아요. 한 사육사가 로토루와 다른 아기 동물들을 위해 만들어 준 거예요."

"그 사육사도 파란 모자를 쓰고 다니죠?"

"어떻게 알았어요? 동물원에서 일할 때는 유니폼 모자를 쓰지만, 나머지 시간에는 파란 모자를 썼어요."

"신기하네요. 저 어제 그 사육사를 만났어요. 지금은 트럭 운전기사지만요."

"정말요?"

"네, 자기가 캥거루를 놓쳤었다는 얘기를 해 줬어요. 이 파란 모자도 그 사육사가 준 거고요."

"이럴 수가…… 그는 잘 지내고 있나요?"

"같이 살던 쿠키라는 강아지가 무지개 다리를 건너서 마음 아파하고 있지만 잘 지내고 있어요."

"다행이에요. 혹시나 나 때문에 곤란한 일이 생겼을까 봐 걱정했어요."

해가 완전히 떨어지면서 약간이나마 남아 있던 빛조차 사라져간다.

"늦었네요. 내 얘기 들어 줘서 고마워요. 잘 자요."

나를 다정하게 바라보는 하루루님의 눈빛이 지금 끌어안고 있는 포근한 담요만큼이나 따뜻하다. 어느새 경계심이 눈 녹듯이 사라진다. 우리 엄마도 나를 이런 눈으로 바라봤을까?

눈을 감는다. 졸린데 잠이 오지 않는다. 낯선 곳에 올 때마다 느끼는 기분이다. 수주의 말에 의하면 지나친 친절 뒤에는 다 꿍꿍이가 있다고 했다. 아침에 일어났는데 어디 묶여서 매달려 있다거나, 아니면 누군가의 배 속이거나…… 으아, 그렇다고 지금 내가 여기서 뭘 할 수 있는 것도 아니다. 하아, 모르겠다. 어떻게 되겠지. 내일이 되면 내일의 내가 어떻게든 해결할 수 있을 거야. 삶이란 많은 것들을 알았다고 느꼈을 때 모르는 것들이 우수수 쏟아지는 것 같다는 생각이 든다.

수주의 침대 위가 그립다. 처음에 내가 수주의 이불 속으로 파고들려고 했을 때 수주는 정색을 하며 나를 침대 아래로 내려놨다. 그러나 나는 포기하지 않았다. 끈기 있게 수주의 품속으로 들어가 수주의 얼굴을 핥고 수주의 어깨에 코를 비빈 끝에, 어느새 우리는 매일 같은 이불을 덮고 잘 수 있었다.

한번은 수주의 어깨 옆에서 자고 있다가, 엎드려 있던 수주가 몸을 돌리는 바람에 깔려 죽을 뻔한 적도 있다. 그래서 요즘은 다리 근처로 위치를 옮겼다. 가끔 수주가 다리를 움직일 때마다 부딪쳐서 깨곤 하지만 상체에 깔리는 것보다는 낫다. 게다가 나를 발로 차지 않으려고 잠결에도 애써 피하려는 수주의 배려에 왠지 모르게 기분이 좋아진다.

그녀의 살냄새도 좋지만 가끔씩 엉덩이에서 쉬익 소리를 내며 나오는 공기 바람은 최고의 냄새를 선사한다. 한 단어로 표현하자면 지상낙원이다.

수주…… . 점점 몽롱해진다. 잠이 온다는 뜻이다. 바로 앞에 있는 하루루님의 포근한 냄새가 전해지고, 밖에서 동굴 안으로 솔솔 불어 들어오는 바람에서 흙 냄새, 나무 냄새, 꽃 냄새, 풀 냄새…… 그리고 아주 옅게, 아주 멀리서 날아온 듯한 할아버지 코끼리의 연기 냄새가 난다. 설마…… 아니겠지. 꼬리로 바닥을 툭툭 두어번 치고 눈을 한 번 떴다가 다시 감는다. 가족들과 떨어진 지 며칠 지나지 않은 것 같은데 까마득한 옛날처럼 느껴진다. 내일 아침이 되면 다시 수주를 찾으러 가

야지. 우린 곧 만날 수 있어. ……나는, 하암…… 똑똑……하
니까…….

꿈을 꾼다.

색색 소리가 난다. 바로 옆에서 나는 콧바람 소리다. 누군가
내 옆에 찰싹 붙어서 꼬물거리는 느낌이 난다. 남매들이다. 약
간 불편하긴 하지만 서로 몸을 맞대고 있어서 추위가 느껴지
지 않는다.

다들 엄마 젖을 먹으려고 경쟁한다. 이상하게 눈앞이 잘 보
이지 않는다. 눈이 떠지지도 않는다. 코를 씰룩이며 냄새를 맡
는다. 주둥이를 들이밀며 촉감으로 찾아본다.

내 자리는 없다. 다른 남매들이 이미 한 자리씩 다 차지했
다. 꼬르륵. 배가 고프다. 엄마 쪽으로 달려가고 싶지만 힘이
없는 다리가 무너지며 코를 바닥에 박는다. 나도 먹고 싶다고
비키라고 소리를 지르고 싶어도 목소리가 나오지 않는다. 운
좋게 한 자리 차지하고 꿀꺽꿀꺽 먹는 동안 엄마가 어디론가
걸어간다. 떨어지지 않으려 입에 온 힘을 주고 대롱대롱 매달
린다. 하지만 결국에는 떨어지고 만다. 쿵쿵. 저쪽에서 무슨
냄새가 난다. 그쪽을 향해 열심히 기어간다. 금방 따라온 엄마
가 내 목덜미를 물고 쑥 들어 올려 제자리로 돌려놓는다. 공중
에 잠시 떠 있는 느낌이 나쁘지 않다.

하루하루 지날수록 한 마리 한 마리 남매들의 수가 줄어든

다. 수가 줄어들수록 엄마의 슬픔은 커져 가는 걸 느낄 수 있다. 다들 어디로 간 걸까. 결국 엄마와 나만 남는다. 엄마 젖을 먹으려고 경쟁하지 않아도 되어서 편하긴 한데, 그래도 와글와글 뭉쳐 있을 때가 더 좋았던 것 같다.

엄마는 내 머리와 코를 핥아 준다. 엄마의 부드러운 혀가 내 눈앞을 왔다 갔다 한다. 기분이 좋다. 엄마의 애정을 듬뿍 받으며 다시 잠이 든다.

툭툭, 툭툭. 탁탁, 탁탁.

"왈왈왈! 누구야! 여기 어디야! 가만두지 않겠어!"

하루루님은 동굴에 볕이 들도록 입구 쪽 나뭇가지들을 치우고 있다. 나에게 성큼성큼 다가오더니 걱정스러운 표정으로 묻는다.

"꿈을 꿨나 봐요."

"아…… 네……."

휴, 다행이다. 묶여 있지도 않고, 누구 배 속도 아니네. 그런데 온몸이 두들겨 맞은 듯 아프다. 어제 너무 무리했나? 하긴 평소 산책할 때보다 훨씬 많이 달리긴 했지.

방금 꾼 꿈은 생생한데 빠르게 지워진다. 꿈이란 늘 시간이 지나면 잊히는 신기한 영화와도 비슷하다.

"좀 더 누워 있어요. 쉬었다 가요."

"괜찮습니다. 푹 잤어요."

온몸을 지탱하는 하루루님의 튼튼한 꼬리는 방정맞게 촐랑거리는 내 꼬리와는 기능적으로나 심미적으로 매우 다르다. 두툼한 뒷다리에는 많은 양의 근육이 가득 차 있을 것 같다.

"잘 잤다니 다행이에요. 그럼 출발해 볼까요?"

"네! 포근한 곳에서 재워 주셔서 고마웠습니다. 이 은혜 꼭 갚겠습니다."

"이 산은 높은 바위가 많아서 강아지님은 올라가기 힘들 거예요. 올라가는 건 내가 잘하니까 여기 들어와요."

"하루루님 주머니 속으로요?"

"네, 괜찮아요."

난 아기가 아니지만 오늘은 아기가 되어 본다. 내 발톱으로 주머니 안을 긁지 않도록 조심스럽게 들어간다. 머리부터 들이밀자 온몸이 쑥 빠진다. 생각보다 공간이 넓다. 몸을 뒤집어서 주머니 바깥으로 머리를 내민다.

따뜻하다. 부드럽다. 포근하다. 아늑하다.

어제 꿈속의 엄마 품이 어렴풋이 떠오른다.

아주 잠깐이지만, 엄마를 만났다.

아주 잠깐이지만, 엄마는 나를 조심스럽게 핥아 주었다.

아주 잠깐이지만, 엄마 품에는 온기가 가득했다.

아주 잠깐이지만, 엄마 품에는 사랑이 가득했다.

수주의 품이 떠오른다. 세상 누구보다도 포근한 수주의 품. 그러고 보니 나는 누군가에게 안기기만 했다. 내가 누구를 안아 줄 수는 없을까? 내가 다시 태어날 수 있다면, 덩치 큰 개로 태어나 수주를 내 품에 꼬옥 안아 주고 싶다.

"출발할게요. 꽉 잡아요."

하루루님의 큼직한 뒷다리 움직임이 느껴진다. 빨리 감기를 하는 듯한 속도로 산을 오른다. 주머니 속에서 느껴지는 하루루님의 움직임에서는 바람을 타고 춤을 추는 듯한 경쾌함과 우아함, 그리고 마음껏 달릴 수 있다는 기쁨이 느껴진다. 이렇게 빨리, 멀리 달릴 수 있는 능력을 가진 하루루님과 로토루는 좁은 동물원에서 달릴 기회가 없었겠지. 많이 답답했겠구나.

하루루님은 달리는 도중에 고개를 숙여 내가 괜찮은지 체크한다.

"안 무서워요?"

"재밌어요! 저 무겁지는 않으세요?"

"가벼워요. 걱정하지 말아요!"

"제가 털이 복슬복슬해서 통통해 보이지만 사실은 날씬해요! 제 이름은요! '나', '또'예요! 나! 또!"

"나또! 귀여운 이름이에요! 무슨 뜻이에요?"

"저도 잘 몰라요! 그냥 그렇게 불러서 그러려니 하고 있어요! 저도 궁금해요!"

이름을 말해 주고 싶었다. 하루루님은 좋은 분이니까. 그런데…… 정말 내 이름이 무슨 뜻이지? 음…… 이름의 의미는 몰라도 사랑이 듬뿍 담겨 있다는 건 확실하다.

울창한 나무들이 시야에서 빠르게 사라지고 빠르게 나타난다. 들리는 것은 하루루님이 힘차게 달리는 소리뿐이다. 그 소리가 그치자마자 눈앞에 탁 트인 곳이 나타났다. 산 정상이다.

"헉헉. 도착했어요."

주머니 밖으로 조심스럽게 나온다. 하루루님은 숨을 헐떡거리는데 나만 너무 편하게 온 것 같아서 미안하다.

하늘이 바로 머리 위에 있는 것 같다. 폴짝 뛰면 구름에 닿을 수 있을 것 같다. 산 아래를 내려다본다. 산 정상에서 바라보는 나무들의 흔들림은 어제 보았던 파도의 움직임과도 비슷해 보인다. 비규칙적이면서도 나름 규칙을 가지고 밀려왔다가 다시 빠져나가는 리듬 있는 풍경을 바라본다.

숨을 크게 쉬며 나무들이 만들어 낸 산소를 빨아들인다. 상쾌한 기분에 왈왈 크게 짖는다. 그런데 바로 누가 대답이라도 하듯 반대쪽에서 왈왈 소리가 울려 퍼진다. 이 산속에 나 말고 다른 강아지가 또 있나 보다. 강아지 냄새가 전혀 나지 않는 것으로 보아 엄청 멀리 있거나 매력이라고는 하나도 없는 강아지일 것이다.

고개를 돌리니 저 끝에 아주 콩알만 하게 도시가 보인다. 저게 부산인가 보다.

"보이는 것보다 멀 수 있어요. 너무 무리하지 말고 가도록 해요. 산이라는 곳은 올라가는 것보다 내려가는 게 더 어려워요. 다치기도 쉽고요."

"도와주셔서 정말 감사했습니다, 하루루님."

"내 말동무가 되어 줘서 고마웠어요. 참, 혹시 가는 길에 로토루를 만나면 내가 여기서 지내고 있다고 꼭 알려 주세요. 산 북쪽 입구에서 기다리고 있겠다고요."

"로토루는 하루루님과 비슷하게 생겼죠? 하긴…… 한국에서, 그것도 산에 사는 캥거루는 흔하지 않겠죠."

"로토루는 나또님과 같은 파란색 모자를 쓰고 있을 거예요. 벗겨지지만 않았다면요."

주머니 속에서 충분히 맡은 하루루님의 냄새를 기억 속에 잘 저장해 둔다. 로토루는 분명 하루루님과 비슷한 체취를 가지고 있을 것이다. 도움을 받은 만큼 도와주고 싶다.

"나또님, 조금만 내려가면 나무에 가려 방향을 잃을 수 있어요. 그때는 하늘을 봐요. 해가 어디에 떠 있는지, 구름은 어느 방향으로 흘러가고 있는지. 방향을 찾을 수 있을 거예요. 그리고 갑자기 낭떠러지가 나올 수 있으니 항상 발밑을 조심해야 해요."

수주는 한숨을 푹 내쉬며 모래사장에 털썩 주저앉는다.

바다를 한동안 멍하니 바라보다가 고개를 떨군다.

"어? 이건?"

사라진 나또

    신나게 뉴진스 신곡을 따라 부르던 수주는 고속도로에 올라 타자마자 잠이 든다. 할아버지는 수주가 조용하게 잘 수 있도 록 음악을 끈다.

    "할아버지…… 저 듣고 있어요……."

    입 벌리고 눈을 감은 채 살풋 잠들어 있던 수주는 자신이 듣고 있다고 믿는다. 할아버지는 다시 볼륨을 올린다. 살짝만.

    20분 정도 지나고 수주의 고개는 이해하기 어려운 초현실 주의 오브제처럼 꺾이고, 이리저리 흔들린다. 나또도 몸통을 부풀렸다 오므리기를 반복하며 자고 있다.

    바삭, 비닐봉지 소리가 난다. 나또의 코가 실룩거리고 귀는 툭 하고 움직인다. 할아버지가 운전할 때마다 먹는 과자다. 뺑 튀기다. 나또의 시선은 할아버지 손을 따라간다. 이미 할아버 지도 나또를 의식하고 있다. 조금 더 간절한 눈빛으로 할아버지를 바라본다.

"언제 깼니? 알았어, 알았어. 여기 있다."

작은 조각을 콘솔 박스 위에 올려놓는다. 냄새를 맡는 척하다가 날름 먹는다. 냠냠. 맛있다. 할아버지는 검지를 세우고 입술에 가져다 댄다. 수주가 자니까 조용히 하자는 뜻인지, 수주에게는 비밀이라는 뜻인지 헷갈린다.

할아버지는 수주가 듣던 노래를 끄고 다른 노래를 튼다. 할아버지가 가끔 듣는 노래다. '연극이 끝나고 난 뒤'라는 말로 시작하는 노래다.

한 시간쯤 지나자 할아버지가 우리를 깨운다.

"쉬었다 가자. 수주야, 나또야."

할아버지는 휴게소에 차를 세우고 시동을 끈다. 수주 허벅지 위에서 축 늘어져 자고 있던 나또가 먼저 눈을 뜬다.

할아버지는 문을 열고 내린다. 그사이 나또는 할아버지가 내린 문 쪽으로 휙 달려 나간다.

"나또! 여기 차 많이 다녀! 조심해!"

잠시 뒤 수주가 눈을 뜬다.

"으음…… 할아버지 여기 어디예요?"

"휴게소 들렀어. 화장실 갔다 올래?"

"네……. 아, 졸려……. 나또는요?"

"어, 글쎄. 이 녀석 어디 갔지?"

"차 오래 타는 게 힘들었나? 못 찾아오는 건 아니겠죠?"

"또 찾기 놀이 하려고 나갔나 보구나."

"길 잃어버리면 어떡하려고 이 녀석."

수주는 차에서 내린다.

"내가 여기서 나또 찾아볼 테니까, 화장실 다녀오렴. 오는 길에 호두과자도 사 오고."

수주는 고개를 끄덕이며 화장실 쪽으로 향한다. 스낵코너로 가서 호두과자 한 봉지를 먼저 사 들고, 아침부터 벼르고 있었던 소떡소떡을 파는 가게를 찾는다.

수주 앞에는 파란색 모자를 쓴 청년이 서 있다.

"이거 하나 주세요. 겨자 소스는 빼고 케첩만 뿌려 주세요."

겨자 소스 없이 무슨 맛으로 먹는담. 파란 모자 청년은 겨자 소스 없는 소떡소떡을 받아들고 뒤로 돌아선다. 그 순간 두 남녀는 눈이 마주친다. 남자는 예의상 살짝 미소를 짓는다.

옆으로 길고 쌍커풀 없는 눈, 오뚝한 코, 부드러운 입술, 떡 벌어진 어깨. 누가 봐도 잘생김이 묻어나는 이 남자를 본 수주는 자신과 비슷한 존재라는 느낌이 든다. 동시에 심박수가 미세하게 올라간다. 사실 많이 올라갔다.

뭐야, 왜 이렇게 잘생겼어? 왜 나보고 웃는 거지? 내 심장은 어떡하라고. 그렇게 이상하면서도 설레는 감정을 가진 채, 파란 모자 남자의 뒷모습을 바라본다. 그는 주차장 쪽으로 간다. 승용차가 아닌 트럭들이 주차된 곳이다. 트럭 뒷문을 닫고 운전석에 올라탄다. 트럭이 멀어진다.

"수주야! 수주야! 나또 봤니?"

"……."

"수주야!"

"네, 네?"

할아버지는 어느새 옆으로 와 수주의 어깨를 두드린다. 파란 모자 청년이 몰던 트럭은 시야에서 사라지고 없다.

"무슨 생각을 그리 골똘히 해? 나또 봤니?"

"아, 아니요."

"애가 어디 간 거야? 주변을 다 찾아봤는데도 안 보여."

"차로 돌아왔을지도 몰라요."

수주는 차가 있는 곳으로 급하게 뛰어간다. 불안하다. 나또가 안 돌아와 있으면 어떡하지? 차 문을 벌컥 열고 살펴보지만 나또는 없다. 할아버지가 뒤이어 도착한다.

혹시나 하는 마음에 트렁크도 열어 보지만 없다. 차 밑을 봐도 없다. 수주는 휴게소 안쪽을, 할아버지는 주차장과 주유소 쪽을 둘러본다. 화장실, 음식점 구석구석을 찾아보지만 보이지 않는다. 양해를 구해서 음식점 주방도 들어가 보고, 편의점 창고도 들어가 보고, 다시 화장실로 돌아가 모든 칸을 열어 본다.

그렇게 찾기 시작한 지 두 시간이 흘렀다. 나또가 없다. 어느새 수주의 감정은 불안감에서 간절함으로 바뀌고, 눈에는 눈물이 고인다.

"나또! 여기서 숨바꼭질하는 거 아니야! 빨리 나와! 우리 이제 갈 거야!"

미친 사람처럼 보여도 상관없다.

"맛있는 거 줄게! 맛있는 거 많이 많이 줄게! 내 구두 물어 뜯어도 괜찮아. 집에 절대로 외롭게 혼자 두지 않을 거야. 미안해, 나또야! 내가 잘못했어. 이제 그만 나타나 줘! 제발……."

수주의 얼굴은 눈물범벅이 되었다. 주위에 있던 사람들이 그런 수주를 안타깝게 쳐다본다. 그때 할아버지가 다가와 수주를 안아 준다.

"할아버지! 나또 어떡해요. 엉엉."

"괜찮아. 다시 만날 수 있어. 꼭 찾을 수 있어."

수주는 울음을 그치고 할아버지와 함께 다시 휴게소 구석구석을 둘러본다. 역시나 없다. 휴게소 관리소에 나또에 대해 얘기해 놓고 다시 차로 돌아온다. 그렇게 나또를 찾아 헤맨 지 네 시간이 지났다.

"이삿짐센터 사람들이 기다리겠다. 일단 가야 할 것 같구나."

"어디 있는 거야, 나또…… 흑흑."

눈물이 멈추지 않는다. 할아버지는 수주의 손을 꼭 잡으며 말한다.

"수주야, 나또와 우리 사이에 연결되어 있는 끈은 절대 끊어지지 않아. 나또는 똑똑한 강아지니 우릴 만나기 위해 최선을 다하고 있을 거야."

"맞아요. 찾을 수 있어요. 꼭 찾을 거예요, 할아버지."

눈물을 닦아도 닦아도 얼굴은 눈물범벅이다.

"우선 이삿짐 정리하고 다시 찾으러 오자. 찾을 수 있다고 믿어."

불안함을 잠시나마 잊기 위해 라디오를 켠다. 수주는 말없이 창밖을 바라본다. 늘 미소를 띠는 할아버지도 근심스러운 표정으로 조용히 운전만 한다. 어느덧 부산이라고 크게 써 있는 톨게이트를 통과하고 있다.

얼마 지나지 않아 목적지에 다다른다. 기운을 내기 위해 차에서 내려 허리를 좌우로 한 번씩 돌려 주고 팔을 하늘 위로 쭉 뻗어 본다. 별로 상쾌하지가 않다. 빽빽하게 들어선 아파트 단지 바로 옆에 홀로 자리를 지키고 있는 한옥집 주변의 풍경은 현재와 과거가 적절히 혼재하는 것만 같다.

밖에서 훤히 들여다보이는 낮은 높이의 담 사이에 나무로 된 큼직한 대문이 있다. 오래된 한옥 대문이라 그런지 힘껏 밀어야 열린다.

물론 디지털 도어락도 없다. 커다란 젓가락 같은 길고 두꺼운 나무를 오른쪽으로 밀어 다른 쪽 문에 걸린 쇠로 된 자물통에 밀어 넣으면 철커덕 소리와 함께 잠긴다.

앞으로 3년간 이 무거운 문을 열었다 닫았다 할 생각을 하니 벌써 어깨가 쑤시는 것 같다. 그래서 옛날 사람들은 대문을 활짝 열어 두고 살았나 보다.

문을 통과하니 널찍한 마당이 있다. 마당 중앙에는 평상이 있다. 마치 다른 시대에 있는 것 같다. 조선시대 사람들이 살았던 생활 풍경이 그려진다. 이 마당에서 나또가 뛰어놀면 얼마나 행복해할까? 놀다가 평상 위에 같이 누워 하늘을 올려다보면 얼마나 행복할까?

집 안으로 들어간다. 고풍스러운 짙은 갈색 마루가 깔려 있고, 한편에는 오래전에 멈춰 버린 듯한 낡은 괘종시계가 있다. 옛 가옥 그대로의 모습이다. 부동산 중개인 말에 의하면 이 집은 대대로 물려받은 집인데, 지금은 아무도 살지 않는다고 한다. 오랫동안 쓰지 않다 보니 노후가 빨라져 집주인은 누군가가 관리를 잘해 주면서 살기를 바란다고 했다.

천장에는 지붕을 떠받치는 대들보가 있고 노란빛을 뿜어내는 전구들이 군데군데 매달려 있다. 쨍하게 하얀 형광등보다 아늑하고 정겨운 느낌이다. 비 오는 날 전구 불빛 아래서 나또를 안고 촉촉해진 마당을 바라보고 있으면 얼마나 좋을까? 나또…… 나또는 어디 있는 거지? 다시 만날 수 있을까? 어느새 수주의 눈에 눈물이 가득 고인다.

이삿짐센터 직원들의 도움으로 세 시간 만에 가전, 가구, 작업 도구들은 각자의 위치를 찾았다. 한쪽에 집주인이 두고 간 서랍장이 있다. 집 안 분위기와 어울려서 그냥 사용해도 될 것 같다.

서랍을 열어 본다. 1980년대, 1990년대를 배경으로 한 드라마에서 볼 법한 카세트테이프가 몇 개 있다. 그 옆에는 작은 액자가 있다. 따스하게 햇볕이 드는 평상 위에 누워 있는 진돗개 사진이다. 눈꼬리가 축 처져 있다. 어딘가 아픈 것 같다. 옛날 사진이라 연도와 날짜가 주황색 글씨로 찍혀 있다. 1999년 4월 25일. 25년 전이다. 주인에게는 분명히 소중한 사진임이 틀림없다. 전에 살던 사람도 강아지를 좋아했구나. 사진을 다시 넣고는 천천히 서랍 문을 닫는다. 마음을 추스르며 할아버지가 계신 부엌으로 간다.

할아버지는 저녁 식사를 준비한다. 나또는 할아버지가 요리할 때면 발밑에서 가엾은 표정을 짓곤 했다. 어디를 봐도 나또만 생각난다. 숨바꼭질하던 나또가 문 뒤에서 툭 튀어나올 것만 같다. 의기양양하게 왈왈 짖으면서 꼬리를 흔들고 있을 것 같다.

"할아버지…… 찾을 수 있겠죠?"

"그럼……."

확신에 찬 대답은 아닌 것 같다. 수주는 설거지를 마치고 방과 거실 구석구석 뽀얗게 앉은 먼지를 닦아 낸다. 아직 도착하지 않은 나또를 깨끗한 집에서 맞이하기 위해. 청소를 마치고 샤워를 한다.

면과 실크 소재가 혼합된 셔츠형 잠옷을 입고 침대에 눕는다. 낯선 천장, 낯선 냄새, 낯선 공기에 둘러싸여 생각한다. '나또는 어디로 간 걸까. 제발 살아만 있어 줘. 꼭 찾으러 갈게' 하고 마음속으로 또박또박 말한다. 온종일 슬픔과 걱정에 지친 수주는 그대로 잠이 든다.

햇살이 얼굴로 쏟아진다. 일어나 보니 베개는 눈물로 젖어 있다. 창살 사이로 스며든 따뜻한 볕이 수주의 온몸을 어루만진다. 나또는 왜 차 밖으로 뛰어나갔을까? 우연히 가족을 만났다거나, 아니면 그쪽 동네에서 태어나 당시의 냄새를 기억하고 있었다거나, 그냥 나랑 사는 게 행복하지 않았던 것일 수도 있다.

그러고 보니 나또와 나의 공통점이 하나 있네. 부모님에 대한 기억이 없다는 것. 그래서 서로에게 더 애착이 있는 걸까? 애착이 있었다면 우리 가족에게서 벗어나려 하지 않았을 텐데. 애착은 나만 느끼는 감정이었던 건가.

수주는 누운 채 베개 옆에 있던 핸드폰을 손에 들고 자신의 SNS 계정에 들어간다. 나또 사진 아니면 나또와 같이 찍은 사진으로 가득하다. 나또는 사진을 찍을 때마다 수주가 짓는 표정을 따라 했다. 얼핏 보면 서로를 닮은 것 같기도 하다. 유리구슬 같은 눈동자. 씰룩씰룩 움직이는 블루베리 같은 코. 통통하고 탄력 있는 콜라 젤리 패드가 달린 발바닥. 거기서 나는 꼬순내. 보고 싶다.

SNS 검색창에 '나또'라고 쳐 본다. 그동안 수주가 #나또 해시태그를 걸어 놓은 사진들이 한꺼번에 뜬다. 귀여워. 이때 참재밌었지. 이 사진 정말 웃겨. 슥슥 엄지손가락으로 두어 번

화면을 내리다 보니 나또와 똑같이 생긴 강아지가 파란 모자를 쓴 남자와 웃고 있다. 어디서 본 듯한데. 아, 소떡소떡에 겨자 소스 안 뿌렸던 사람!

뭐지? 어째서 나또가 이 사람이랑 같이 있는 거지? 너무나 익숙한 강아지. 나또와 비슷하다고 하기에는 너무 똑같다. 무엇보다 아래에 달린 해시태그에 분명하게 '나또'라고 쓰여 있다. 나또가 맞잖아!

#나또 #나또가친구를찾습니다 #똑똑한강아지 #서우르자브종 #연락주세요

그런데…… 나또의 이름을 어떻게 알았을까? 인식표도 없는데…… 이상하다……. 하긴 지금 이름을 알고 말고가 중요한 게 아니지!

"할아버지! 할아버지!"

우당탕 수주는 침대에서 뛰어내린다. 거실로 뛰쳐나가며 소리친다.

"할아버지! 이 사람이 나또 데리고 있나 봐요!"

수주는 손을 떨며 파란 모자 청년에게 메시지를 보낸다. 잠시 후 회신이 온다. 나또와 같이 있지 않다는 소식을 듣는다. 그렇지만 어디로 갔는지 알려 줄 수 있다는 말에 할아버지와 함께 포항의 트럭 차고지로 갈 준비를 한다. 혹시 몰라 파란 모자 청년에게 부산집 주소를 알려 주었다.

북북 거칠게 양치하고 빠르게 옷을 입는다. 각오를 다지듯 긴 머리를 질끈 묶는다. 할아버지는 평소에 입던 작업복을, 수주는 어제 입은 잠옷을 한옥 대문 앞에 걸어 둔다. 혹시나 길이 어긋나 나또가 먼저 도착할지도 모르니까.

할아버지도 약간 긴장했는지 앞만 보고 운전을 한다. 그 모습에 수주도 긴장한 나머지 다리를 덜덜 떤다. 수면제를 먹은 듯 잠만 잤던 고속도로에서 지금은 정신이 또렷하다.

포항 트럭 차고지에 도착한다. 할아버지와 수주는 파란 모자 청년을 찾는다. 핸드폰으로 전화를 걸려고 할 때, 한쪽 끝에서 고양이들에게 밥을 주는 파란 모자를 쓴 남자가 보인다. 수주는 청년 곁으로 가서 인사를 한다. 휴게소에서 봤던 반듯하고 깨끗한 피부에 잘생긴 얼굴 그대로이다.

"안녕하세요. 나또 주인입니다."

파란 모자 청년은 죄책감 섞인 표정과 목소리로 조용히 말한다.

"안녕하세요. 제가 계속 데리고 있었어야 했는데…… 혼자 갈 수 있다는 말에 그만……. 부산에 있는 가족을 찾으러 간다고 했습니다. 아! 비밀로 해 달라고 했는데…….'

파란 모자 청년은 한쪽 손으로 입을 가린다. 당황한 수주는 묻는다.

"뭘…… 비밀로 해 달라고 했다는 거죠?"

"그…… 그게."

파란 모자 청년은 트럭에서 나또와 나눈 이야기를 해 준다. 수주는 나또가 인간어를 했다는 것은 말도 안 된다고 생각하지만 그렇다고 이 남자가 거짓말을 하는 것 같지는 않다. 대화 내용도 너무나 사실적이다. 만약에, 아주 만약에 이 남자 말이 진실이라면 나또가 내가 싫어서 또는 인간들과 사는 것에 지쳐서 도망간 건 아니니 다행이다 싶어 가슴을 쓸어내린다.

"그럼 나또는 어디로 갔는지 아시나요?"

"바다거북에게 도움을 받으러 갔다고 해요. 저쪽으로 갔어요."

"바다거북이요……?"

할아버지는 자동차 키를 바지 주머니에서 꺼내며 수주에게 손짓한다.

"빨리 가 보자, 수주야."

그리고 청년을 향해 눈인사하며 말한다.

"감사했습니다."

수주가 할아버지 쪽으로 몸을 돌리다가, 다시 청년을 보며 말한다.

"그런데 나또에게 파란 모자는 왜 씌워 주신 거죠?"

청년은 멋쩍은 듯이 웃는다.

"멀리서도 잘 보이고, 밤에 춥지 않게 따뜻하라고요. 그리고 바다를 끼고 쭉 내려가면 부산이 나온다고 알려 줬어요. 혹시나 바다거북을 못 만났더라도 해안 도로를 따라가고 있을 것 같아요. 똑똑하잖아요."

"정말 고맙습니다."

"나또를 찾으면 저에게도 연락 한번 주세요. 아, 바다거북은 해가 가장 높이 떠 있을 때 해안가로 나온다고 합니다. 조심히 가세요!"

청년은 방긋 웃으며 할아버지의 차가 보이지 않을 때까지 손을 흔든다. 수주는 사이드미러로 그 청년을 물끄러미 바라본다.

할아버지는 평소보다 빠르게 운전하며 말한다.

"뭐가 뭔지 모르겠구나. 저 청년 말대로 나또가 정말 말을 한 건지, 거북이를 만나러 간 건지……. 어찌 됐건 지금으로서는 믿어 보는 수밖에……."

"나또 요 녀석…… 꼭 찾아서 어떻게 된 건지 다 밝혀내고 말 거예요."

"그나저나 이 길을 나또가 지나갔다고 생각하니 마음이 조급해지네."

"왜 바다거북을 만나러 갔을까요?"

할아버지는 잠시 조용히 생각하다가 입을 연다.

"바다거북은 부산으로 가는 길을 알고 있겠지. 동해 지리에 훤할 테니. 문제는 우리가 바다거북을 만나면 뭘 어떻게 해야 할지……."

어떤 상황에서도 느긋하고 차분함을 유지하던 평소의 할아버지와는 사뭇 다른 모습이다. 할아버지는 과속 단속 카메라 앞에서만 속도를 잠시 줄이고 나머지 구간에서는 속도를 내면서 틈틈이 하늘에 떠 있는 해의 위치를 살핀다. 수주도 답답한 마음에 창문을 내린다.

우리 차만 빨리 가고 나머지 시간은 느려졌으면 좋겠다. 혹시나 나또에게 무슨 일이라도 생겼다면, 나또를 더 이상 못 만나게 된다면……. 수주는 자꾸 좋지 않은 쪽으로 생각이 흐른다.

해변 근처에 차를 정차하고, 두 사람은 차에서 내린다. 해는 이미 많이 내려갔다. '반은 늦었구나, 반은 늦지 않았구나'를 결정할 수 없는 심정으로 모래사장으로 뛰어간다. 거북이가 있는지 이리저리 살펴본다. 보이지 않는다.

할아버지는 남쪽 해변가를, 수주는 북쪽 해변가를 찾아보기로 한다. 어떤 거북이도, 어떤 강아지도 없다. 수주와 할아버지는 어두운 표정과 함께 중간 지점으로 돌아온다. 수주는 한숨을 푹 내쉬며 모래사장에 털썩 주저앉는다. 바다를 한동안 멍하니 바라보다가 고개를 떨군다.

"어? 이건?"

뭔가 보인다. 자세히 본다. 놀이터에서 나또가 항상 남겼던 자국과 같다.

"할아버지! 이 발자국 한번 보세요. 발 크기나 모양으로 봐서 나또 발자국 같아요!"

"음, 나또 발자국과 비슷하긴 하구나."

"그런데 발자국 방향이 바다로 들어가는 것만 있고 나오는 건 없어요. 설마……."

"그럴 리가……."

"처음 보는 파도에 호기심이 생겨서 물장난 치려다가 빠졌거나 아니면 거북이를 따라가다가 휩쓸렸거나……."

할아버지는 고개를 좌우로 내젓는다.

"시간이 지나서 물 밖으로 나오는 발자국이 지워졌을 수도 있고, 다른 강아지 발자국일 수도 있어. 발자국만 보고 판단하지는 말자. 수주야."

"그래야……겠죠?"

"아까 그 청년이 해안 도로를 따라가라고 했다고 했으니……."

"빨리 가요, 할아버지."

차에 올라탄다. 두 사람은 아무 말도 하지 않는다. 멀찌감치 흐릿하게 산이 보인다. 산이 있는 곳은 남쪽. 할아버지와 수주 모두 저 산을 넘으면 부산이라는 것을 알고 있다.

.

숨을 크게 들이마신다.

숲속의 공기를 전부 들이마신 것 같다.

길게 내뱉는다. 후우우우우.

죽다 살아났다는 게 이럴 때 쓰는 말이구나.

거대한 날개

푸스스스슥. 낙엽을 밟고 미끄러진다. 자칫 잘못하다가는 하루루님이 걱정하는 것처럼 데굴데굴 굴러떨어질 수도 있을 것 같다. 혹시 절벽이라도 나온다면 '데굴데굴'이 아니라 그냥 수직 낙하가 되겠구나.

인생의 대부분을 나무로 된 마룻바닥에서 지냈기에 나무에 익숙하다고 생각했지만, 산속에서 자라는 진짜 나무 표면은 거칠고 울퉁불퉁하다.

이 복잡한 길을 언제 내려간담. 하루루님 말대로 방향도 가늠이 어렵다. 하늘을 훨훨 날 수 있다면 금방 갈 수 있을 텐데.

새가 되고 싶다. 산책 때 자주 마주치던 비둘기 녀석들이 부러워진다. 아니다. 비둘기는 하늘에 있는 시간보다 길바닥에 있는 시간이 더 길다. 날개를 펼치지도 않고 구구 소리만 내면서 고개를 까딱이는 것으로 시간을 허비하는 게으른 종족이다. 게다가 무례하게도 우리 할아버지 코끼리에 똥까지 찍찍 뿌려 댄다! 그런 새들 말고 우아하게 창공을 가로지르는 늠름한 새가 되면 좋겠다고 상상해 본다.

나무와 나무를 헤치고, 바위와 바위 사이를 타며 내려간다. 내리막이 끝나면 오르막이 있고, 그 오르막이 끝나면 다시 내리막이 나온다. 아까부터 진한 흙냄새가 느껴진다. 수주와 산책할 때 맡던 잔디밭의 흙냄새와는 다르다. 꽃들이 예쁘게 피어 있다. 잠시 쉬어갈 겸 환하게 핀 꽃에 코를 가까이 대고 냄새를 맡아 본다. 꽃은 꾸미지 않아도 예쁘고 향수를 뿌리지 않아도 향기롭다. 나의 수주도 그렇다.

숨이 턱까지 차오른 채로 내려오니 작은 공터가 보인다. 그 공터의 끝에 연결된 세 갈래의 길이 보인다. 물론 어느 길이 부산과 연결된 길인지는 알 수가 없다. 어디로 가야 하지? 왼쪽? 오른쪽? 가운데? 수주가 늘 하던 말이 생각난다. 중간만 하자.

가운데 길로 간다. 조금 가다 보니 습한 모래흙들이 발바닥의 촉감을 자극한다. 내리막길이 평지로 이어진다.

스산한 분위기이다. 안 좋은 일이 생길 것만 같다. 대체로 나의 예감은 적중률이 높은 편이다. 하지만 시간을 지체할 순 없다. 하루루님 덕분에 체력을 비축했으니 제대로 달려 본다. 주변에 먼지가 날 정도로 네 다리로 힘차게 도약한다.

아뿔싸, 몇 미터 가자마자 이 속도에서 멈출 수 있더라도 이미 늦었다는 것을 깨닫는다. 낭떠러지다. 돌이킬 수 없다. 하루루님이 했던 말이 생각난다.

'갑자기 낭떠러지가 나올 수 있으니 항상 발밑을 조심해야 해요.'

떨어진다!

"왈왈!" 하고 짖을 겨를도 없이 중력의 힘이 나를 잡아당긴다. 깎아지른 절벽 아래 있는 바위가 빠른 속도로 가까워진다.

수주와 할아버지 생각이 난다. 할아버지의 자상한 목소리, 쓰담쓰담 해 주는 수주의 손. 수주야, 할아버지, 미안해요. 할아버지의 코끼리에서 나가지 말고 얌전히 있었더라면⋯⋯. 파란 모자 인간이 알려 준 대로 부산으로 가는 차를 탔더라면⋯⋯. 하루루님 말을 잘 들었더라면⋯⋯. 가운데 길이 아닌 다른 길로 갔더라면⋯⋯.

저 아래 있던 바위는 어느새 바로 눈앞으로 다가왔고, 나는 세상과 작별할 준비를 한다. 안녕, 수주야. 안녕, 할아버지. 이제 모두들 안녕⋯⋯.

휘이이이이이익.

순간 거친 바람 소리와 함께 몸이 붕 떠오른다. 눈을 감고 바닥에 떨어지기를 기다리던 나는 갑자기 바뀐 방향에 당황한다. 뭐야? 뭐지? 왜 다시 위로 올라가는 거지? 다시 눈을 뜰 겨를도 없이 꼬르륵 정신을 잃는다.

펄럭펄럭. 펄럭펄럭. 무슨 소리지? 바람 소리인가? 아, 내

귀가 펄럭이는 소리네. 거센 바람에 펄럭이는 귀가 얼굴을 내리친다. 눈을 뜬다. 여긴 어디야? 맙소사, 하늘이다. 바로 아래 구름과 산이 보이고, 저 멀리 바다가 보인다. 천국이구나. 이곳이 천국이구나. 지옥은 뜨거운 불구덩이라는데 천국인 걸 보니 내가 착하게 살긴 살았나 보다. 기다리면 먼 훗날 수주와 할아버지도 여기에서 만날 수 있겠지. 그런데 이상하게 몸통이 꽉 조이는 느낌이다. 엄마가 입으로 내 목덜미를 물어 들어 올리던 순간이 희미하게 떠오른다. 서, 설마 천국에서 엄마를 만난 건가?

"엄마!"

"엄마는 무슨. 정신 차렸나?"

"누구세요? 으악! 당신은…… 도, 도, 독수리이이이! 살려 주세요!"

"무서워?"

"네! 무서워요!"

"내가 무서운 거야, 하늘에 떠 있는 게 무서운 거야?"

"두, 둘 다 무서워요!"

"겁도 많기는……. 기다려 봐. 저기에 내려 주겠다."

나는 죽은 걸까, 안 죽은 걸까? 대체 여긴 어디지? 시간이 거꾸로 되돌아갔나? 독수리는 아까 세 갈래 길이 있던 공터에 나를 내려 준다. 엄청나게 큰 독수리다. 텔레비전에서 본 독수리보다 훨씬 큰 것 같다.

"하아, 귀찮아. 길 잃은 친구들을 구해 준 게 오십 번도 넘는다. 그래도 너는 가벼워서 다행이지. 지난번 캥거루는 너무 무거웠다."

"저, 저기요. 제가 사, 살아 있는 건가요?"

"보면 모르나? 너는 살아 있다. 인간처럼 자기 뺨을 꼬집어 보라고 할 수도 없고. 개들이 잘하는 거, 뭐냐. 그거 있잖아. 귀 긁는 거. 그거라도 해 봐."

샥샥샥샥샥. 시원하다. 아, 살아 있구나. 시원함이 느껴진다는 건 살아 있다는 뜻이다. 도대체 어떻게 된 거지?

"저는 어떻게 여기로 온 거죠?"

"어이, 어이. 도와줘도 기억을 못하니 내가 무슨 보람이 있겠어. 낭떠러지로 떨어진 건 기억나나?"

"네, 떨어지던 순간은 기억나요."

"그때 내가 빛의 속도로 자네를 휙 낚아챘다. 한 편의 영화처럼."

"저를 살려 주셨군요! 감사합니다!"

"그래, 감사해야지. 휴식 시간임에도 불구하고 자네에게 날아갔지 않았나?"

"감사합니다. 도, 독수리님."

"말로만인가?"

"네?"

"너는 나에게 뭘 해 줄 수 있지?"

"그, 그게 제가 뭘 해 드릴 수 있을까요?"

"핫핫핫, 안 하겠다는 말은 안 하는군. 뻔뻔한 녀석은 아니라 다행이다."

"……."

"내가 원하는 건…… 음……."

"제발요. 어렵지 않은 걸로요."

"귀여운 모습 보여 줄 것. 1분 동안."

"네에?"

"귀여운 모습! 시작!"

잘못 걸렸다. 이상한 독수리한테 잡혀 왔어. 지구 최상위 포식자인 내가 이까짓 조류 앞에서 재롱을 떨어야 한다니. 우물쭈물하고 있자 독수리가 재촉한다.

"뭐해? 시작!"

에라 모르겠다. 눈 맞춤하며 눈 깜빡깜빡하기, 혀 빼꼼 내밀고 고개 요리조리 갸우뚱하기, 누워서 배 내밀고 버둥버둥하기, 제자리에서 열 바퀴 돌기……. 수주와 할아버지에게만 보여 주던 재롱을 릴레이로 펼친다.

"헉헉, 귀여웠나요?"

"끝이야? 1분 안 됐는데?"

"레퍼토리 다 썼어요. 이게 다예요."

"그래? 그러면 방금 했던 거 한 번 더!"

에잇. 눈 맞춤하며 눈 깜빡깜빡하기, 혀 빼꼼 내밀고 고개

요리조리 갸우뚱하기, 누워서 배 내밀고 버둥버둥하기, 제자
리에서 돌⋯⋯.

"그만! 제자리 돌기는 안 해도 돼. 보는 내가 다 어지럽네.
수고했어. 어쨌든 꽤 귀여웠다."

"근데 저보다는 아기 독수리들이 더 귀엽지 않나요?"

"우리 독수리들은 아무리 아기라도 거칠어 보이지. 날카로
운 눈매, 뾰족한 부리, 플라스틱처럼 뻣뻣한 깃털은 귀여우려
야 귀여울 수가 없다."

"그렇군요."

"부산 가는 길인가?"

"네! 부산 가는 길을 아시나요? 저 세 갈래 길 중 어디로 가
야 하나요? 가운데 길은 분명 아니었어요."

"저 복잡한 길을 걸어서 갈 생각을 한다니, 까마득하군."

"그죠? 저도 이 산을 언제 다 내려갈 수 있을지 모르겠어
요. 어디로 가야 할지 감도 안 오고요. 그래서 하늘을 나는 독
수리님이 부럽습니다. 어릴 때부터 저는 하늘을 나는 게 꿈이
었어요."

독수리는 살랑살랑 흔들리는 나뭇잎을 보며 대답한다.

"하늘을 나는 모습을 보고 누구는 멋있다, 좋겠다고 하지만
꼭 그렇지만은 않다. 높은 하늘에 혼자 떠 있는 건 무척이나
외로운 일이다. 그렇다고 땅에 내려가서 걸을 수도 없지. 조금
만 걷다 보면 허리가 아프거든."

"외로울 거라고는 생각 못했어요. 나는 왜 날개가 없을까, 하늘을 날 수만 있다면 더 바랄 게 없을 것 같다, 하늘을 나는 기분을 꿈속에서라도 느끼고 싶다, 그렇게만 생각했는데……. 아까 잠깐 느낄 수 있었어요."

"늘 남의 것이 더 좋아 보이고 남이 하는 일이 더 멋있어 보이지. 나도 너처럼 육지에서 멋지게 달리는 동물들이 부러울 때도 있다. 그건 그렇고, 부산에는 왜 가는 건가?"

"같이 살던 인간들이 부산에 있어요. 그런데…… 못 찾을 것 같아요. 다시 만날 수 있을까요?"

"이뤄질 수 있다고 믿을 것. 믿는 대로 이루어진다."

"기억하겠습니다. 근데 아까 캥거루 이야기하셨는데……."

"아, 그 캥거루도 비슷한 모자를 쓰고 있었다. 같은 가게에서 샀나?"

"그건 아닌데요. 언제 보셨나요?"

"얼마 전인 것 같은데. 어찌나 무겁던지……. 아기 캥거루는 왼쪽 길로 갔다. 가장 경사가 완만한 곳이지. 캥거루는 뒷다리가 길어서 가파른 경사로 내려가다 가는 앞으로 고꾸라질 것이다."

"그럼 오른쪽 길은……."

"왼쪽 길보다 경사가 가파른 만큼 빨리 갈 수 있다. 너는 앞다리와 뒷다리 길이가 비슷하니까 문제없다."

"가운데 길은 절벽인 거 맞죠?"

"맞다. 아기 독수리들이 비행 훈련을 하는 장소다. 가장 빨리 산 아래로 도착할 수 있지만, 가장 빨리 하늘나라로 갈 수도 있다. 너와 캥거루처럼."

"그 캥거루도 독수리님이 구해 주셨나요?"

"떨어지기 직전에 간신히 꼬리를 잡았다. 조금만 늦었으면 후유……."

독수리는 눈을 질끈 감았다가 다시 뜨고 말을 이어간다.

"이제 난 식사 거리를 찾으러 가겠다."

"구해 주셔서 감사했어요."

"그런 의미에서 귀여운 짓 한 번 더 보여 줘."

"네에? 아…… 네……."

다시 자세를 취하려는 순간 독수리가 날갯짓으로 제지한다.

"핫핫핫. 농담이다. 잘 가게. 똑똑한 강아지 친구."

붕붕. 몇 번의 날갯짓에 흙먼지가 피어오르고 순식간에 독수리는 시야에서 사라진다. 아, 생명의 은인인데 이름도 안 물어봤네. 이미 늦었다. 다시 떠날 시간이다. 숨을 크게 들이마신다. 숲속의 공기를 전부 들이마신 것 같다. 길게 내뱉는다. 후우우우우. 죽다 살아났다는 게 이럴 때 쓰는 말이구나.

세 갈래 길이 앞에 있다. 오른쪽 길 입구에 들어선다.

나를 도망만 다니는 겁 많은 강아지로 착각하지 않기를 바란다.

무서워서 도망치는 게 아니라 나같이 품격 있는 강아지가

저런 하찮은 놈들하고 얽이는 게 귀찮기 때문이다.

오스틴 비버와 로토루

걸음걸음마다 나뭇잎 부서지는 소리가 들리고, 바위를 덮고 있던 흙먼지가 폴폴 날린다. 산에서 내려갈수록 심하게 기울어지는 경사에 몸을 맡긴다. 무성한 나뭇잎 사이로 햇살이 보인다. 수주를 찾으러 가는 모험을 응원해 주는 것 같다.

몹시 배가 고프다. 물이라도 마시고 싶다. 할아버지가 몰래 주던 수박 생각에 침이 고인다. 세렌디피티 섬에서 먹은 라이프베리 생각에 침이 흐른다.

먹을 만한 것을 찾기 위해 코를 땅에 갖다 댄 채 킁킁거리며 천천히 앞으로 나아간다. 검은색 벌레들이 줄을 지어 걸어간다. '개미'라는 녀석들이다. 자기 몸집만 한 무언가를 들고 이동하고 있다. 그 모습이 너무 웃겨서 두 번 짖어 본다. 일하기에 정신이 팔렸는지 응답이 없다.

너무 배가 고파서 한 개미가 들고 있던 것을 빼앗기 위해 앞발을 섬세하게 사용해서 툭 건드린다. 힘도 주지 않았는데 개미가 나뒹군다. 그 개미가 떨어뜨린 조그만 부스러기의 냄새를 맡아 보지만 주변에 있는 모래 냄새와 별 차이가 없어 실망스럽다. 갑자기 수십 마리의 개미 떼가 나에게 다가온다. 얘네들이 내 몸을 타고 기어오른다면 감당할 자신이 없다는 것을 직감한다. 허둥지둥 도망간다.

개미들에게서 충분히 멀어진 것 같다. 음? 발바닥이 푹 들어가는 느낌이 든다. 차갑고 축축하다. 진흙 웅덩이다. 한바탕 데굴데굴 구르면서 진흙 샤워를 하고 싶지만 그럴 힘도 없다. 실컷 진흙탕 놀이를 마친 내 모습을 보고 '꺅' 소리를 지르던 수주의 표정이 생각나 얼른 나온다. 웅덩이를 빙 둘러 지나간다.

습한 냄새가 하늘 위에서 아래쪽으로 내려온다. 비가 올 것 같다. 머리에 물방울 하나가 똑 떨어진다. 하늘을 올려다본다. 점점 많은 수의 물방울이 내린다. 목말랐는데 잘됐어. 혀를 내밀어 빗물을 마신다. 빗물이 쏟아진다. 털이 젖는다. 금세 축 처져 딱 달라붙을 것이다. 볼품이 없어진다는 의미다. 매력도가 낮아진다는 뜻이다.

잎이 무성한 나무 쪽으로 뛰어가 비를 피한다. 체력도 회복할 겸 나무 아래에 엎드린다. 수주와 거실에 앉아 비 오는 창밖을 보던 때가 생각난다. 역시 비는 맞는 것보다 보는 게 제맛인데.

쿵쿵, 쿵쿵. 빗물이 바닥에 통통 튀어서인지 흙냄새가 더 진하다. 나무 냄새도 더 진하다. 비가 더욱 세차게 내린다. 나뭇잎 사이로 비가 들이친다. 그림자가 더 짙은 곳으로 자리를 이동한다. 배를 깔고 엎드려 비가 그치길 기다린다.

하늘에서 수없이 떨어지는 물방울들을 바라보니 문득 이런 생각이 든다. 저 물방울들이 수주의 사랑이라면 얼마든지 맞아 줄 수 있다고. 물방울들의 숫자를 세어 본다. 너무 많아서 셀 수가 없다. 이 물방울들의 숫자가 많을까? 수주를 향한 내 사랑의 개수가 많을까?

우르르릉 쾅!

검은 구름이 빠르게 움직인다. 온몸의 털이 떨릴 정도로 강한 진동을 동반한 천둥 번개가 내리친다. 곰곰이 생각해 보니 인간들이 쓰는 말 중에 '마른 하늘에 날벼락'이라는 말이 있다. 그 말은 틀렸다. 벼락은 지금처럼 비가 오는 젖은 하늘에서만 떨어진다. 마른 하늘에는 해와 구름뿐이다. 하여튼 인간들은 우리 강아지들을 따라오려면 멀었다.

가지런한 앞발에 턱을 걸쳤다가 다시 고개를 들기를 몇 번 하다 보니, 어느새 구름이 걷히고 환한 햇살이 뿌려진다. 큼직한 무지개가 하늘 중간쯤에 걸쳐 있다. 서울에서 보던 구부러진 빨대 같은 얇은 무지개가 아니다. 수주가 좋아하는 조각 케이크처럼 두툼하고 토실토실한 무지개다. 아름다운 색채의 조합에 감동하여 무지개 쪽을 향해 두 번 짖는다.

가던 길을 계속 간다. 잠시 쉬어서인지 체력이 회복된 느낌이지만 여전히 배는 고프다. 산 냄새가 섞인 물 냄새가 난다. 바닷물과 달리 짭짤한 향이 없다. 조금 더 내려가니 드디어 길이 평평해진다. 개울이 보인다. 다가가 본다. 물에 비친 내 얼굴이 보인다. 그 뒤로는 하늘색의 하늘과 무지개가 보인다. 코랄터틀님이 말씀하신 보물은…… 무지개인가?

고개를 푹 숙이고 성급하게 마신다. 찹찹찹찹. 아, 시원해. 물로 배를 잔뜩 채운다. 이제 이 산에 나의 영역 표시를 가득할 수 있겠다. 인간은 문서로 기록을 남기듯 우리는 오줌으로 기록을 남긴다.

아주 작고 귀여운 물고기 몇 마리가 왔다 갔다 하고 있다. 훗. 하지만 내가 더 귀엽다. 스텔라냥님 가족은 수영을 잘 배웠으려나? 이렇게 생긴 생선을 잡아서 먹고 있겠지? 굳이 험난한 바다가 아니더라도 이런 곳에도 생선들이 많이 있다고 알려 주고 싶다.

올챙이들 몇 마리가 무리를 지어 한쪽으로 가다가 급하게 유턴하기를 반복하고 있다. 방향 전환이 빠르다. 수주가 말하기를 올챙이는 커서 뭐가 된다고 했는데 기억이 나질 않는다. 나와 상관없는 분야의 기억력은 상당히 떨어지는 편이다. 잠깐, 인간들이 쓰는 말 중에 '개천에서 용 난다'는 말이 있는데 혹시 얘네들이 용으로 변하는 건가? 그러고 보니 꼬리도 길고 몸통도 길쭉한 게 모양새가 비슷해. 이 조그만 녀석들이 무시

무시한 용으로 변한다니 살짝 무서워진다. 어서 여기를 떠나야겠다. 총총걸음으로 도망간다.

나를 도망만 다니는 겁 많은 강아지로 착각하지 않기를 바란다. 무서워서 도망치는 게 아니라 나같이 품격 있는 강아지가 저런 하찮은 놈들하고 엮이는 게 귀찮기 때문이다.

진흙이 잔뜩 묻은 발을 씻을 겸 발을 얕은 개울 물에 담근 채 물줄기를 따라간다. 발바닥의 시원한 감촉은 잠시나마 이 여정의 설렘을 더해 준다. 물배는 금방 꺼졌다. 영역 표시를 하고 나니 배고픔이 더욱 심해진다. 이제는 배고픈 감각조차 없어졌다.

쏴아아아. 물소리가 난다. 물이 높은 곳에서 낮은 곳으로 떨어지고 있다. 폭포다. 어디서 본 것 같은데? 곰곰이 생각해 본다. 아! 화장실에 있는 그것이다. 수주가 용변을 보고 나서 버튼을 누르면 물이 콸콸 소리를 내며 구멍 속으로 빨려 들어가는 그것. 이름이 뭐였더라. 변…… 뭐였는데. 변……. 아, 생각이 안 난다. 내가 신선한 물인 줄 알고 코를 들이밀며 혀를 날름거리자 수주가 "거긴 안 돼!"라고 괴성을 지른 기억이 난다.

폭포를 지나 계속 물줄기를 따라간다. 이 길로 가는 게 맞는 걸까? 이 길이 수주에게 가는 길일까? 물어볼 생명체가 있다면 좋으련만……. 생각해 보니 아까 만난 독수리님한테 부산까지 데려다 달라고 할걸! 아쉽다. 이왕 이렇게 된 거 스스로 찾아가야지. 나는 치타보다 빠르고, 범 무서운 줄 모르고, 인간들보다 똑똑한 지구상의 절대 강자니까.

쿵쿵. 허기져서 다소 후각이 둔해졌지만 냄새는 가려낼 수 있다. 쿵쿵. 동물 냄새다. 걸음을 멈추고 시야를 넓혀 본다. 저 멀리 나와 색깔이 비슷하고, 무엇보다 내 모자랑 똑같은 모자를 쓴 녀석이 물안개 사이로 흐릿하게 보인다.

혹시…… 로토루? 로토루면 좋겠지만 하루루님과는 사뭇 다른 냄새다. 빠른 속도로 달려가며 이름을 부른다.

"로토루! 로토루!"

로토루가 쳐다보지 않자 더 크게 소리 지른다.

"로토루!"

계곡 바위 사이를 열심히 들여다보는 로토루는 내 냄새를 아직 못 맡은 것 같다. 가까이 가서 보니 하루루님보다 몸집이 많이 작다. 아기 캥거루라서 그런가? 더 가까이 가 본다. 캥거루가 아니다. 뭐지? 저 파란색 모자는 분명히 내 것과 똑같은데. 그냥 물어보는 게 낫겠다.

"안녕하세요?"

"지금 바빠요. 가던 길 가세요."

나를 쳐다보지도 않고 대답한다.

"저는 지나가는 강아지입니다. 혹시 아기 캥거루 못 보셨나요?"

"아기 캥거루?"

그제야 고개를 든다. 아, 비버다. 자연 다큐멘터리에서 본

모습 그대로다.

"아기 캥거루라면 어제 만나서 한참 이야기했죠. 이 모자를 내 머리에 씌워 주고 갔어요. 어라? 당신도 같은 모자를 쓰고 있군요. 캥거루 친구인가요? 커플인가요? 커플이라 하기에는 생김새가 아주 다르네요. 하긴, 요즘 친구들은 그런 걸 안 따진다고 듣긴 했어요."

"커플은 아니고요. 설명하기 좀 복잡하네요. 어디로 갔는지 알고 계신가요?"

"이 개울을 따라 쭉 갔어요. 바빠서 그럼 이만. 이 댐을 빨리 부숴야 하거든요."

"제가 좀 도와드릴까요?"

"그러면 좋지요. 저쪽에 있는 큰 나뭇가지 하나만 바깥쪽으로 옮겨 줘요. 조심해요. 가운데 쪽은 깊어서 수영 못하는 동물들은 휩쓸려 갈 수 있어요."

뒷다리를 바위에 지지하고 앞다리를 이용해서 가까스로 나뭇가지를 물 밖으로 꺼낸다. 근처에 있는 갈대와 풀을 걷어 내고 물이 아래로 흘러갈 수 있게 길을 만든다.

"처음치고 제법이네요."

"그런데 왜 댐을 부수고 있는 거예요? 보통 비버님들은 댐을 만들잖아요."

"멍청한 비버들이 댐을 너무 많이 만들어 놔서 문제가 많아요. 그 댐들을 무너뜨리느라 이렇게 고생하고 있다니까요."

"그래도 열심히 만든 댐일 텐데요? 다른 비버님들이 속상해하지 않을까요?"

"우리는 댐에 물을 저장해서 가뭄이 있을 때는 그 물을 쓰기도 하죠. 홍수가 나면 많은 양의 빗물을 가두어 하류에 있는 동물들에게 대피할 시간을 벌어 주기도 하고요. 그런데 지금은…… 댐의 수가 너무 많아서 강의 흐름을 바꾸기도 하고, 나무님들이 물에 잠겨 죽기도 해요. 생태계를 교란하고 있다는 뜻이죠."

비버는 나뭇가지들을 바깥으로 옮기면서 조곤조곤 대답한다. 잠시 나를 보더니 웃는다.

"푸하핫, 웃기네요."

"뭐가요?"

"우리가 똑같은 모자를 쓰고 있는 모습이요."

물에 비친 물에 젖은 우리 둘의 모습은 우스꽝스럽기만 하다.

"누가 보면 형제인 줄 알겠어요."

"에이, 설마요."

눈이 마주친 두 생명체는 이상하리만큼 웃음이 나온다. 이렇게 속 시원하게 웃어 본 적도 오랜만이다. 비버는 웃음을 멈추고 표정을 가다듬더니 정식으로 자신을 소개한다.

"저는 오스틴 비버라고 해요."

"저는 나또라고 합니다."

"저 꼭대기에서 내려온 건가요?"

"네, 죽을 뻔했어요. 낭떠러지에서 떨어지는 저를 어떤 독수리님이 구해 주셨거든요."

"그레이트 이글님이군요."

"그레이트 이글!"

이제야 독수리님의 이름을 알았다.

"첫인상은 무섭지만 좋으신 분이죠. 좀 엉뚱하긴 하지만요. 우리 비버들의 무분별한 댐 건설이 환경을 파괴한다는 사실을 그레이트 이글님을 통해 들었어요."

"그렇군요. 모든 게 다 연결되어 있네요. 신기해요."

"이 세상은 사소하게라도 연결되어 있어요. 저처럼 작은 비버들이 만든 댐이 나무님들을 죽이고 강의 흐름을 바꿀 줄을 상상이야 했겠어요? 이제 저 큰 진흙 덩어리만 옮기면 여기 작업은 끝이에요. 도와줄래요?"

나또와 오스틴 비버는 앞발을 요리조리 움직이며 진흙을 밀어낸다. 비버는 계속 주의를 시킨다.

"갑자기 발이 빠질 수 있으니 조심해요."

순간, 왼쪽 앞발이 진흙에 미끄러지면서 무게중심이 앞으로 쏠린다. 오른쪽 앞발로 옆에 있는 바위를 짚어 보지만 소용이 없다. 왼쪽 앞발이 계속 빠지며 몸 전체가 물속으로 빨려 들어간다.

살려 달라 외칠 겨를도 없이 휩쓸려 간다. 강한 물줄기에 맞서 보려 하지만 마음대로 되지 않는다. 물속은 깜깜하고 호흡은 가빠온다. 이렇게 죽는 건가? '그레이트 이글님! 오스틴 비버님! 구해 주세요!' 외치고 싶은데 입안으로 물이 들어와 소리를 낼 수가 없다. 머리를 물 밖으로 내밀어 보려 하지만 다시 물속으로 끌려간다. 허망한 노력만 반복한다.

물속에서는 나의 발달한 후각도 아무 소용이 없다. 머리가 바닥에 깔린 돌멩이에 쓸린다. 삶의 마지막 순간이 다가오고 있다. 수주가 욕조에서 수영 연습을 시킨 이유를 이제야 깨닫는다. 다 나를 위한 것이었어. 고마워. 수주야.

시야가 흐릿해진다. 더 이상 첨벙이는 물소리도 들리지 않는다. 고요하다. 귓속에는 침묵이 차오르기 시작한다. 무서운 자연 앞에 내 몸은 너무나 왜소하고 하찮게 느껴진다. 급류를 따라 더 깊숙이 잠겨 간다.

휩쓸리고 휩쓸리다가 속도가 서서히 줄어드는 것이 느껴진다. 정신이 혼미해지고, 몸을 움직이기가 어렵다. 아무것도 할 수 없다.

문득 어제 만난 코랄터틀님의 말이 생각난다.

'자네가 앞으로 살아가면서 좋은 날들보다는 힘든 날들이 더 많을 수도 있어.'

그레이트 이글님의 말이 생각난다.

'이뤄질 수 있다고 믿을 것. 믿는 대로 이루어진다.'

그래, 정신만 똑바로 차리면 수주를 만날 수 있어. 나처럼 똑똑한 강아지가 이렇게 세상을 떠날 순 없지. 필사적으로 콧구멍을 물 밖으로 내밀어 본다. 그때 검은 그림자가 드리워지더니 몸이 쑥 들어 올려진다.

나도 모르게 있는 힘을 다 끌어 써서 그런지 기진맥진해 있던 터라 몸이 축 늘어진다. 잔뜩 마셨던 물이 분수처럼 쏟아져 나오고 꽉 막혀 있던 폐 속으로 시원한 산소가 쑥 들어온다.

"웩, 웩, 켁켁켁."

"괜찮아요?"

"콜록, 콜록. 그레이트 이글님? 저를 또 구해 주신 건가요?"

겨우 눈을 뜨고 정신을 차리니 눈앞에는 순진한 표정의 눈동자가 깜빡이고 있다. 위아래를 훑어 본다. 캥거루다. 하루루님? 아니다. 하루루님보다는 많이 작은 거 같은데. 킁킁. 하루루님 배 속에서 맡았던 포근한 냄새가 난다. 그렇다면……

"콜록, 콜록. 로토루?"

"내 이름을 어떻게 알아요?" 눈이 똥그래진다.

"로토루는 분명 아기라고 들었는데 아기라고 하기에는 좀 크네."

"캥거루는 아기라고 해도 강아지님들보다는 커요. 우리는 하루가 다르게 쑥쑥 자라요."

뭐가 부끄러운지 로토루가 살짝 고개를 숙이고 눈동자를 도르르 굴린다. 귀여운 녀석.

"……고마워, 로토루."

계획한 대로 풀리지 않는 것이 인생의, 아니 견생의 법칙인 것만 같다. 또 이렇게 목숨을 건졌네. 후유…….

로토루의 냄새에 하루루님 생각이 났고, 하루루님의 생각에 어제 꾼 꿈이 생각났다.

로토루는 내 머리 위를 유심히 보더니 말한다.

"근데 이 모자…… 오는 길에 비버님을 만났나요?"

"안 벗겨져서 다행이다. 맞다. 네가 이거랑 같은 모자를 오스틴 비버님에게 줬다면서?"

"비버님을 만났군요!"

"댐을 같이 부수다가 발을 헛디디는 바람에 물에 빠져서 여기까지 떠내려온 거야."

물에 휩쓸린 기억을 잊고 싶은 것처럼 세게 물기를 턴다. 로토루는 피할 새 없이 물벼락을 맞는다.

"그런데 왜 모자를 비버님에게 준 거야?"

"엄마를 찾으러 다니다가 우연히 비버님을 만났어요. 혼자서 묵묵히 노력하는 모습이 너무 멋졌어요. 돕고 싶어서 물에 발을 담갔는데 너무 차가웠어요. 차가운 물에서 일하는 비버님이 추워 보여서 모자를 드린 거예요. 동물원에 있을 때 사육사가 춥지 않도록 로토루에게 모자를 씌워 줬었거든요. 이제 그 파란 모자가 로토루 머리에는 작아지기도 했고요."

"속이 아주 깊은 녀석이군. 참, 가장 중요한 이야기를 안 했네. 하루루님을 만났어."

"네? 엄마를요? 어디서요?"

"하루루님은 이 산 정확히 반대편에⋯⋯."

말이 채 끝나기도 전에 로토루는 멀찌감치 껑충껑충 뛰어가고 있다.

"아⋯⋯ 조심히 가! 길 잃어버리지 말고! 고마워!"

하긴, 엄마가 보고 싶겠지. 나보다 어린 동물이 산에서 며칠 동안 헤맸다니. 그것도 혼자서⋯⋯.

방금 물속에서 죽을 고비를 넘겨서 그런지 아직 멍하다. 하루에 두 번이나 죽다 살아나다니⋯⋯. '전생에 나라를 구했다'라는 인간들의 말이 생각난다. 내가 혹시 전생에⋯⋯ 나라를 구한⋯⋯ 이순신 장군? 에이, 내가 그렇게 대단한 인간이었을 리가 없지. 그래도 이렇게 두 번씩이나 살아난 걸 보면 최소한 거북선의 뱃사공이라도 했을 거야. 잠깐, 거북선? 거북선은 코랄터틀님을 보고 만든 건가? 텔레비전에서 봤던 거북선은 등에 가시가 있고 얼굴이 용처럼 생겨가지고 입에서 불이 막 나오고 그랬는데⋯⋯. 옛날의 거북이들은 그렇게 무섭게 생겼었나? 에잇 모르겠다.

다시 몸의 물기를 털어 낸다. 귓속에 들어간 물이 잘 빠지지 않는다. 뒷발로 귀를 긁는다. 샤샤샥. 더 깊이 들어간 느낌이다. 다시 한번 긁어 본다. 샥샥샥. 안 빠진다. 이런. 언젠간 빠지겠지. 수주가 면봉으로 귀 후벼 줄 때 기분 좋았는데.

죽도록 사랑한다는 말. 예전에는 그 말을 이해하지 못했다.

죽는다는 것은 나쁜 것이고 사랑한다는 것은 좋은 것이기 때문에 무슨 말인지 받아들이기 어려웠다. 나는 오늘 두 번이나 죽을 뻔했다. 죽음의 문턱에 다가서는 순간 가장 먼저 떠오른 것은 수주였다. 그 찰나에 사랑하는 사람에 대한 기억, 미안함, 고마움, 아쉬움, 그리움 같은 모든 감정이 빠르고 진하게 스쳐 지나는 것을 경험하고 나니 조금 이해가 가기 시작한다.

어느덧 해가 저물어 간다. 오후 5시 정도나 되었을까. 이제 노을이 지겠지. 아까 원치 않는 잠수를 하며 물을 너무 많이 먹었는지 배가 더부룩하다. 속이 울렁거려서 천천히 걷는다. 어두워지기 전에 불빛이 있는 도시에 도착해야만 한다. 점점 정신이 들고, 털에 매달려 있던 물방울들도 거의 털려 나갔다.

달려 본다. 다시 힘을 내서 달린다. 혹시 또 낭떠러지가 갑자기 나오거나 물에 빠질지 모르니 걷기도 하면서 속도를 조절한다. 이 숲속에서는 체력이 빨리 회복되는 느낌이다. 모든 것이 풍요롭다는 생각이 든다. 울창한 나무, 촉촉한 습기, 포슬포슬한 흙, 맑은 물, 그리고 여기에 살고 있는 동물들과 식물들.

수주와 같이 살던 집도 너무 좋지만, 자연에서만 느낄 수 있는 뭔가가 마음과 머리를 가득 채운다. 느슨해졌던 정신의 끈을 팽팽하게 당겨 본다. 정신의 끈이라기보다는 사랑의 끈일 것이다.

상쾌한 공기를 마셔 가며 한 시간 가까이 달리다 걷기를 반복한다. 어느덧 혀를 쭉 내밀고 헉헉거리고 있다. 고양이들의 놀림감이 되기 딱 좋은 표정이다. 아니, 내가 언제부터 고양이들을 신경 썼다고.

킁킁. 인간들의 냄새가 조금씩 난다. 후각의 민감도를 최대한 끌어올린 후 할아버지와 수주의 냄새를 찾아본다. 다른 인간들의 냄새뿐이다. 집중도를 높이기 위해 수주 냄새만 가려내 본다. 없다. 수주는 이 근처에 없다. 실망감과 배고픔에 힘이 쭉쭉 빠지며 걸음이 급격히 느려진다. 빨리 가고 싶은 마음만은 굴뚝 같으나 몸이 따라오지 않는다. 느릿느릿 굼떠진다. 동물에 대해 잘 모르는 인간들이 나를 보면 코랄터틀님이라고 착각할 수도 있겠다. 아, 코랄터틀님은 털도 없고 커다란 돌맹이가 등에 붙어 있지. 착각할 일은 없겠구나.

쓸데없는 상상과 피로감이 밀려오는 것 같아 몸을 세차게 털며 잡생각들을 떨쳐 버린다.

인간들이 다녀간 발자국도 미세하게 남아 있다. 드디어 인간들이 사는 곳까지 왔다. 힘을 내서 내려간다.

코끼리들이 뿜어내는 연기 냄새가 난다. 거의 다 왔다. 코끼리들이 다니는 도로가 보인다. 조금만 더 가면 부산이다.

아! 수주가 멀리 갈 때는 여권을 가지고 가야 한다고 했다. 여권을 안 가지고 왔는데 내가 들어갈 수 있을까? 이런, 이런. 입구에서 거절당하면 어떡하지? 음, 그건 나중에 생각하자.

인간이 사는 집이 하나둘 보인다. 산밑에 있는 길 한쪽에 놀이터가 보인다.

길을 건너기 위해 코끼리가 다니는 도로를 가로지르고 있을 때, 코끼리 한 마리가 빠아아앙 소리를 내며 나에게 다가온다. 공포감에 몸이 순간적으로 굳는다. 하지만 피하지 않으면 이번에야말로 정말로 생을 마감할 것 같다는 판단에 도로 끝으로 재빠르게 움직인다.

코끼리는 내 뒤로 쌩하는 소리를 내며 지나갔고, 곧바로 자욱한 연기가 남았다. 조심성이라고는 전혀 없는 코끼리를 따라가서 콱 물어 주고 싶지만 그럴 수 없다. 나보다 훨씬 빠르고 덩치도 크고 힘도 세니까. 어느덧 멀어진 코끼리의 뒷모습을 보며 짜증 나는 표정과 함께 크게 세 번 짖었다. 왈! 왈! 왈!

심장이 쿵쾅거린다. 다리가 후들거린다. 세 번이나 목숨을 건졌다. 기적이다. 잠깐, 어쩌면…… 어쩌면…… 나는 전생에…… 뱃사공이 아니라…… 이순신 장군의…… 오른팔……?

놀이터 입구에 도착했다. 다행히 여권을 검사하는 검문관은 보이지 않는다. 시소와 미끄럼틀이 있다. 그네와 철봉이 있다. 현대식 놀이터에서는 보기 힘든 모래로 된 바닥이다. 여기서 쉬었다 가야겠다.

놀이터 한복판에 어린 인간이 있다. 모랫바닥에 나뭇가지로 글자를 쓰고 있다. 인간 나이로 열 살쯤 되어 보인다. 부산으로 가는 길을 물어볼 사람이라고는 저 어린 인간뿐인데 어쩌지? 말을 걸어야 하나? 놀라서 기절이라도 하면 어떡하지? 아닐 거야. 어린 인간들은 동화를 많이 봐서 동물도 말을 할 줄 안다고 믿고 있을 거야. 하긴 매우 반짝이는 코를 가진 루돌프를 타고 선물을 주러 다니는 산타클로스가 있다고 믿을 정도니 뭐.

"어린 인간, 안녕?"

누군가에게 이렇게 사랑받는다는 것.

되돌릴 수 없는 운명이기를 기도했다.

어린 인간

"네? 저요?"

"그래, 꼬마 너."

"안녕하세요."

"이 강아지님이 말하는 거 안 신기해?"

"신기해요."

"그런데 왜 놀라는 기척이 조금도 없는 거야?"

"제가 놀라면 강아지님도 놀라실까 봐요."

"야! 내가 왜 놀라? 그 정도로 놀랄 내가 아니라고. 난 제법
똑똑한 강아지거든."

"그렇군요. 우리 학교 근처에 있는 펫숍에서 온 거예요?"

"아니, 나는 서울에서 왔어."

"멀리서 오셨네요. 제가 다니는 학교 가는 길에 펫숍이 하
나 있는데 거기서 온 줄 알았어요. 그런데 저랑 놀고 싶으세

요? 시소를 같이 타려면 무게가 비슷해야 하는데 제가 훨씬 무거운 것 같아서 같이 못 탈 것 같아요."

"나는 지금 매우 바빠. 너처럼 한가하지 않다고."

"우리 엄마 아빠도 바빠요."

"갑자기 엄마 아빠 얘기가 왜 나와?"

"엄마 아빠도 매일 바쁘다고 하거든요. 강아지님처럼요."

"너희 엄마 아빠가 바쁘다고 하는 건 다 먹고살기 위해서 야. 인간들은 어쩔 수 없이 일을 해야 해. 우리 강아지들이 킁 킁거리며 냄새를 맡는 것처럼."

"그런가요? 엄마 아빠는 일찍 나가고 늦게 들어와요. 제가 저녁 아홉 시면 자기 때문에 얼굴 볼 시간도 없어요."

"아무리 그래도 지금 시간이면 집에 들어가야지."

"지금은 학원에 있을 시간이에요."

"근데 왜 여기 있는 거야?"

"학원 가기 싫어서요."

"가기 싫다고 안 가?"

"학원 1층에서 파는 김밥도 먹기 싫어요."

"무슨 소리야? 그 맛있는 김밥이 먹기 싫다니?"

"엄마가 김밥집에 돈을 충전해 둬서 언제든 먹고 싶은 대로 먹으라고 했는데요."

"좋은 엄마네. 먹으면 되잖아."

"근데 몇 달째 김밥만 먹으니까 이제 못 먹겠어요."

"혹시 내용물이 하나도 없는 맛없는 김밥…… 뭐더라. 아, 충무김밥이니?"

"아니요. 평범한 김밥이에요."

"평범한 김밥이라면 참치김밥, 치즈김밥, 돈까스김밥, 야채김밥, 종류가 얼마나 많은데!"

"알아요. 하지만 저는…… 엄마가 해 주신 밥이 먹고 싶어요. 어쩔 땐 김밥가게 아줌마가 엄마 같다는 생각이 들어요. 힝, 저도 잘 모르겠어요. 그냥 엄마, 아빠랑 같이 있고 싶은 거 같기도 하고……."

"……."

"같이 식탁에 앉아 본 지가 언제인지 기억도 안 나요. 같이 밥 먹으면서 선생님께 칭찬 들은 얘기도 하고 싶고, 음악 시간에 배운 노래도 불러 주고 싶고……."

"……."

"지금쯤 학원 선생님이 엄마나 아빠한테 전화하고 있겠죠. 제가 학원에 오지 않았다고요. 엄마, 아빠는 걱정하실 거고, 저는 혼이 나겠죠."

꼬마는 나뭇가지로 애꿎은 모랫바닥을 북북 긁는다.

"그렇다고 학원 안 가고 부모님 걱정시키면 되나. 어이구, 이런 어린 인간 같으니라고. 네 엄마, 아빠도 속으로는 너와 시간을 같이 보내지 못해서 미안해하고 있을 거야."

"몰라요."

"아니, 그럴 거야."

"……그럴까요?"

"그럼. 나랑 같이 사는 인간들도 내가 혼자 집에 있는 시간이 길어지면 얼마나 걱정하는데. 헐레벌떡 뛰어 들어와서 늦게 와서 미안하다, 혼자 있게 해서 미안하다, 이런 말을 하는 걸 보면 알지. 지금이라도 학원에 가는 게 어때?"

"이미 늦었어요."

꼬마는 손에 들고 있던 나뭇가지를 수직으로 모래에 푹 꽂더니, 고개를 숙인 채 속삭이듯 말한다.

"저랑 친하다고 생각하는 친구가 있는데요. 그 친구 생일 파티에 초대를 못 받았어요. 다른 애들은 다 초대받았는데 저만요."

"……속상하겠네. 그러면 네 생일에 그 아이를 초대해서 멋있는 모습을 보여 줘. 네가 얼마나 성견군자, 아니 성인군자인지, 그러니까 마음이 넓은 아이인지를 보여 주란 말이야."

"제 생일은 이미 지났어요. 엄마랑 아빠랑 짜장면 시켜 먹은 게 다예요. 저도 풍선 달린 곳에서 친구들한테 선물도 받고 축하도 받고 싶었는데……. 에이, 몰라요."

꼬마는 꽂혀 있던 나뭇가지를 뽑아 풀밭 쪽으로 던진다.

"강아지님은 집이 어디예요?"

"음…… 부산."

"부산 어디요? 부산도 여러 동네가 있잖아요."

"몰라."

"집 없죠?"

"아니야! 내가 무슨 길거리를 배회하는 들개인 줄 알아? 숨바꼭질을 과하게 하다가…… 자, 잠시 길을 잃었을 뿐이야."

잠시, 라는 말에 순간 자신이 없어졌지만 마음을 다잡는다.

"그러면 오늘은 우리 집에서 자고 갈래요?"

"……집에 먹을 거 있니?"

"많죠."

"좋아. 내가 오늘 외로운 너를 위해서 같이 시간을 보내 주도록 하지. 절대로 내가 배고프거나 갈 데가 없어서 너희 집에서 신세 지는 게 아니야. 명심해."

"하하, 좋아요. 우리 집은 바로 여기 앞이에요."

꼬마의 집으로 가는 길에 가로등의 불들이 켜진다. 수주와 산책할 때 보던 장면이다. 수주는 날 잊지 않았겠지. 잊지 않았을 거야. 내가 수주를 찾듯이 수주도 나를 찾고 있을 거야. 우리는 다시 만날 수 있을 거야.

띠띠띠띠. 현관문 비밀번호 누르는 소리다.

덜컥, 띠로리. 현관문 닫히는 소리다.

달칵. 방문 열리는 소리다.

꼬마의 방이다. 네모난 공간에 옷장, 책상과 의자가 채워져 있다. 창문에는 아이보리색 블라인드가 쳐져 있다. 1인용 침대 위에는 꼬마가 덮었던 것 같은 이불이 뭉쳐져 있다. 수주의 방 구조와 비슷하다.

킁킁. 냄새를 맡아 본다. 남자 인간들은 대부분 퀴퀴한 냄새가 나는데 꼬마의 냄새는 그럭저럭 괜찮다.

주변에 위험한 것들이 없는지 조심스럽게 둘러본다. 야트막한 책상 위에는 어정쩡하게 접힌 색종이, 풀기 싫어서 대충 펴 놓은 듯한 문제집, 뭉뚝해진 연필. 특별한 건 없다. 안전한 거 같다. 책상 구석에는 우주복을 입은 남녀의 사진이 들어있는 액자가 있다.

"꼬마, 이 사람들은 누구야?"

"우주인이에요."

"외계인이랑 우주인이랑 다른 건가?"

"외계인은 말 그대로 외계 생명체고, 저 같은 지구인이 우주를 가면 우주인이라고 해요."

"으음…… 제법인걸. 그럼 내가 우주를 가면…… 우주개?"

"음…… 우주개보다는 우주견이 맞을 것 같아요."

"우주개, 우주견……. 그래 우주견이 낫겠어. 개라고 하면 뭔가…… 좀 그래."

"이분들은 제가 가장 존경하는 분들이에요. 우리나라에서 최초로 우주 탐사에 성공하신 분들이죠. 17년 전에 우주에서 지구로 보내 준 마지막 사진이에요. 부부라고 들었어요. 저도 우주에 꼭 가고 싶어요."

띠띠띠띠. 현관문 비밀번호 누르는 소리다. 순간 방 안에 긴장감이 돈다. 몇 초 후 벌컥 방문이 열린다. 꼬마의 엄마로 보이는 사람이 가쁜 숨을 내쉰다. 두 인간에게서 여러 감정이 교차하는 복잡한 냄새가 흘러나온다.

"학원에서 연락받고 왔어. 휴우, 집에 있었구나. 오늘 학원은 왜 안 갔니?"

"죄송해요."

엄마는 한숨을 크게 내쉰다.

"그래, 가기 싫을 때가 있지. 엄마도 학원은 별로 좋아하지 않았으니까. 그래도 네가 어디에 있는지 얘기는 해야지. 걱정했잖아."

"오늘은 그냥…… 해가 환하게 떠 있을 때 엄마를 보고 싶었어요."

꼬마는 아무 말 못 한 채 고개를 푹 숙이고 있다. 바닥에 눈물방울이 뚝뚝 떨어진다.

"엄마가…… 미안해. 그동안 힘들었지?"

엄마는 꼬마를 꼭 안는다. 아이의 어깨가 들썩인다.

"혼자 김밥 먹는 거…… 그만하고 싶어요."

"그랬구나……."

"엄마가, 엄마가, 얼마나 힘들게 일하는지 알아요. 아는데…… 그래도 가끔은…… 같이 저녁 먹고 싶어요."

"그래, 그러자……."

엄마는 떨리는 손으로 꼬마의 머리를 꼭 껴안는다. 엄마의 속눈썹에 매달려 있던 눈물이 주르륵 흘러내린다. 꼬마는 엄마의 가슴에 얼굴을 푹 파묻는다.

"엄마가 아빠랑 얘기해 볼게. 엄마가 미안해."

나도 잠시 엄마에 대한 기억을 떠올려 본다. 너무 어릴 때였는지 기억이 희미하다. 오전에 느꼈던 하루루님의 주머니 속 느낌을 떠올려 본다. 포근하고, 따뜻하고, 아늑했다. 지금 꼬마는 그런 감정을 느끼고 있겠지.

꼬마와 꼬마의 엄마는 한동안 꼭 끌어안고 있다. 나는 둘에게 다가간다. 꼬마는 눈물을 그치고, 고개를 들어 나를 보며 말한다.

"놀이터에서 같이 놀다가 데려왔어요."

"어머, 귀엽다."

"오늘 같이 있어도 돼요?"

"그럼. 미용을 한 흔적이 있는 걸 보니 주인이 있는 강아지인가 보다. 유기견 보호소에 데려다줘야겠네."

"그냥 우리가 데리고 있다가 찾아 주면 되잖아요."

"강아지 주인도 그쪽에 벌써 연락했을지 몰라. 엄마도 강아지를 좋아하지만…… 하루만 같이 있어도 주인에게 보낼 때 마음이 아플 거야. 내일 같이 보호소에 맡기고 오자."

띠띠띠띠. 또 현관문 여는 소리가 난다. 이번엔 누구지?

"아빠 오셨나 보다. 밥 차려 줄게. 오랜만에 다 같이 먹자."

"네, 좋아요!"

"엄마가 많이 사랑해."

"저도요."

엄마는 꼬마의 등을 툭툭 두드려 주고 주방으로 간다. 꼬마는 침대에 앉으며 묻는다.

"강아지님, 배고프세요?"

'엄청나게 배고파!'라고 말하고 싶지만 품격과 교양을 갖춘 강아지답게 대답한다.

"오늘은 먹은 게 거의 없어."

"엄마한테 강아지님이 먹을 만한 음식이 있는지 물어볼게요."

꼬마는 주방에서 엄마와 얘기하더니 손에 뭔가를 들고 이쪽으로 걸어온다. 가까워질수록 익숙하면서도 끝내주는 냄새가 진동한다. 정신이 혼미해지며 침이 흘러내릴 것만 같다. 엉덩이를 바닥에 붙였다 떼기를 반복한다. 꼬리를 격렬하게 흔들다 보니 허리 전체가 흔들린다. 꼬마의 손에 든 접시 위에는 노릇노릇한 생선이 있다. 이 냄새는! 침착하자, 침착해야 해.

"이거 황태래요. 강아지님들이 좋아하는 거라고 엄마가 주셨어요."

화, 황태! 내가 세상에서 제일 좋아하는 건데! 우아아아! 꼬마의 엄마는 내가 황태를 좋아하는지 어떻게 알았을까! 히히히. 그래도 체면이란 게 있으니.

"이봐, 꼬마. 네가 주방이라는 먼 곳까지 다녀온 성의를 봐서 먹어 주는 거야. 알았어?"

말은 이렇게 했지만 아까부터 심하게 흔들리는 꼬리가 느껴져 살짝 민망하다. 이놈의 방정맞은 꼬리 같으니라고.

꼬마가 접시를 내려놓자마자 접시에 코를 박는다. 걸신들린 듯 황태를 씹어 삼킨다. 쩝쩝. 우적우적. 신세계다. 입속에서 느껴진 맛이 온 신경을 타고 흘러 꼬리까지 전달된다. 오랜만에 제대로 된 음식을 먹어서 그런지 턱관절에 힘이 뜻대로 들어가지 않는다. 이 집은 먹을 게 많은 것 같다. 또 굶게 될지 모르니 이번 기회에 제대로 먹어 두어야 한다. 위장에 음식을 테트리스 하듯 빈틈없이 차곡차곡 쌓는다.

"어때요?"

"쩝쩝, 뭐 먹을 만해. 네 엄마 요리 솜씨가 좋은걸?"

"그거 엄마가 한 거 아니에요. 그냥 마트에서 산 황태를 물에 불린 거예요."

"음…… 맛있는 걸 사 오는 것도 좋은 솜씨야."

"알겠습니다. 강아지님. 앞으로 그렇게 생각할게요."

"네가 이렇게 편하게 집에서 잘 수 있는 것도, 부족하지 않게 밥을 먹을 수 있는 것도, 따뜻한 옷을 입을 수 있는 것도 네 엄마 아빠가 열심히 일해서 번 돈이 있기 때문이야."

"어른이란 참 피곤하군요. 저는 어른이 안 되고 싶어요."

"어른이 되려면 아직 멀었으니 현재만 생각해. 엄마는 무슨 일 하시니?"

"연구원이에요."

"뭘 연구하는데?"

"이상한 걸 만들어요. 아, 보여 드릴까요? 엄마가 만든 거?"

"아니야, 아니야, 괜찮아."

황태가 담겨 있던 그릇을 다시 한번 핥아 본다. 고소한 향만
남아 있다. 주방 쪽에서 엄마 목소리가 들린다.

"밥 먹자. 엄마가 된장찌개 했어."

"네, 엄마! 강아지님, 저 밥 먹고 올게요."

"그래, 다녀와. 킁킁."

콧속으로 솔솔 된장찌개 냄새가 스며 들어온다. 저도 모르
게 내용물을 분석한다. 마늘…… 호박…… 양파…… 아, 두부
도 있구나. 잘 만든 된장찌개다.

셋이 오붓하게 먹는데 내가 훼방을 놓을 수는 없지. 여기서
냄새만 마시자. 킁킁, 킁킁. 이 깊고 깊은 된장 냄새……. 할
아버지가 참 좋아하셨는데…….

꼬마의 침대 발치에 있는 러그 위로 올라간다. 러그를 몇 번
긁고 세 바퀴 돌다가 몸을 돌돌 말아 눕는다. 킁킁. 침대 밑에
서 된장찌개와 다른 결의 향긋한 냄새가 난다. 코끝을 기분 좋
게 쿡 찌르는 듯한 냄새다. 양말 한 켤레가 덩그러니 놓여 있
다. 저기서 나는 냄새인가? 가까이 다가간다. 킁킁. 우아, 하
루 종일 축구 시합을 한 인간의 발에서 나는 냄새다. 음, 꼬마

녀석이 이렇게 멋진 냄새를 풍기고 있을 줄이야. 양말을 끄집어내어 러그 위로 올라간다. 된장찌개와 양말 냄새의 조합은 마치 수주가 즐겨 먹는 양념 반 후라이드 반 치킨 냄새와 견줄 수 있을 정도로 끝내준다.

세 식구의 즐거운 웃음소리가 들린다. 꼬마의 노랫소리도 들린다. 꼬마가 원하던 일이 이뤄지고 있다.

나는 돌돌 말고 있던 몸을 편다. 배와 가슴을 바닥에 깔고 다리를 앞으로 뻗으며 엎드린다. 조금 피곤하다. 솔솔 잠이 온다. 눈이 감겨 온다.

나는 가끔 꿈에서 수주를 처음 만난 날로 돌아간다. 내 옆에서 꼼지락거리면서 엄마 젖을 먹던 남매들은 다른 인간들 손에 잡혀 떠나고 엄마와 나만 남았다.

얼마나 시간이 지났을까. 엄마 혼자 놔둔 채 나만 인간들에 의해 어디론가 옮겨졌다. 정확히 기억나지는 않지만, 상자가 답답했던 나는 몰래 밖으로 나와 한참을 간 뒤, 아무 데나 들어갔다. 냄새를 따라가 보니 음식점이었다. 음식점 건물 바로 옆에는 쓰레기통이 있었고, 냄새는 거기서 풍기고 있었다. 후각의 본능을 따라 그곳에 겹겹이 쌓인 노란색 비닐봉지를 앞발로 툭 뜯었다. 생각보다 쉽게 찢어졌다. 그때 처음으로 발끝에 달린 뾰족한 발톱들이 쓸모 있다는 걸 알았다. 그날부터 하루에 한 번씩 비닐 안에 담긴 음식을 먹었다. 엄마 젖과 너무도 다른 맛이었지만 살기 위해 먹어야 했다.

추운 날에는 쓰레기통이 잘 열리지 않았고, 비닐봉지 안의 음식도 돌처럼 딱딱하게 굳어 먹기가 어려웠다. 바람이 부는 날이면 나의 복슬복슬한 털이 아무 소용 없을 정도로 추웠다.

경쟁적으로 엄마의 사랑을 차지하려고 나를 물고 덮치며 귀찮게 하던 남매들이 그리워졌다. 무엇보다 나를 안고 머리를 핥아 주던 엄마의 품, 엄마의 체온이 그리워졌다. 가끔씩 지나가는 인간들이 "귀엽다", "예쁘다", "불쌍하다"라고 말했지만 정작 나를 데려가는 사람은 아무도 없었다. 그때 알게 된 것은 인간들은 말과 행동을 전혀 다르게 한다는 것이었다.

힘이 빠져서 음식점 문 앞에서 엎드려 있던 어느 날, 누군가 나타났다.

"어머, 강아지네. 어디 아프니?"

교복을 입은 여자 사람이었다. 자세를 낮추고 나를 안쓰러운 눈빛으로 바라보았다. 코를 실룩거리며 냄새를 맡았다. 좋은 사람이라는 느낌이 전해져 왔다. 여자 사람은 음식점 문을 열고 들어갔다.

"사장님, 이 앞에 있는 강아지 사장님이 키우시는 거예요?"

"아니요. 며칠 전부터 있었어요. 주인이 없는 개 같아요. 학생이 데리고 가서 키워 줘요."

여자 사람은 식당 밖으로 나와 가볍게 나를 들더니, 자신의 두툼한 패딩 안에 넣었다. 따뜻했다. 그녀의 포근한 체취가 코를 통해 온몸 구석구석 깊숙히 파고들었다.

"추웠지? 우리 집에 가자. 목욕도 시켜 주고 먹을 것도 줄 게."

그녀의 입에서는 세상에서 제일 곱고 달콤한 음성이 흘러나왔다. 따뜻한 물에 나를 씻겨 주었고, 깨끗한 그릇에 밥과 물을 담아 주었고, 많이, 아주 많이 쓰다듬어 주었다.

그다음 날부터는 안아 주고 뽀뽀까지 해 주었다. 어쩌다 나를 너무 세게 껴안을 때는 답답하긴 했지만 그녀에게서 풍기는 냄새가 좋아 가만히 있었다.

현실감이 떨어졌다. 그녀가 나를 뚫어져라 바라볼 때면 나는 눈길을 피했다. 무서워서라기보다는 눈빛에서 뿜어져 나오는 감정에 익숙하지 않았기 때문이다. 누군가에게 이렇게 사랑받는다는 것. 되돌릴 수 없는 운명이기를 기도했다.

첫 외출은 약품 냄새가 가득 나는 곳이었다. 그곳 사람들에게서는 좋은 사람의 냄새가 났다. 목에 따끔함이 느껴졌지만 나를 해치려는 게 아니라는 걸 알 수 있었다. 그렇게 그녀와의 동거가 시작되었다.

처음으로 혼자 집에 남게 되었을 때였다. 깜빡하고 실수로 나만 남겨 두고 나간 줄 알고 한참을 짖었다. 왈왈 소리가 깽깽 소리로, 깽깽 소리가 낑낑 소리로 바뀔 때까지 짖었지만 나를 데리러 오는 사람은 없었다. 목이 아파서 물을 마시고 수건 위에 엎드려 멍하니 텅 빈 집안을 둘러보다가 잠이 들었다. 푹 자고 일어났는데도 아무도 없었다.

　심심함을 풀어 보고자 베개 안에 있는 하얀 뭉치들을 꺼내고, 쓰레기통을 넘어뜨려 헤집고, 그녀가 글자를 적을 때 쓰는 길쭉한 나무 막대기를 잘근잘근 씹었다. 딱딱하기만 하고 맛도 없었다. 다른 재미있는 것이 없을까 하고 이리저리 돌아다니다가 수주가 티슈를 매번 한 장씩 뽑아 쓰는 것이 불편해 보이던 게 생각났다. 도와줘야겠다 싶어 신나게 뽑았다. 끝도 없이 나왔다. 눈이 내린 것처럼 예뻐진 거실을 뛰어다니며 수주가 얼마나 기뻐할지 기대했는데 역시나, 집에 돌아온 수주는 너무 기쁜 나머지 비명을 질러 댔다. 그런데 이상하게 기쁨의 냄새는 나지 않았고 짜증이 폭발하는 냄새만 강하게 흘러나왔다. 아마도 밖에서 기분 나쁜 일이 있었던 것 같았다. 그 다음 날 수주는 장난감들을 내 앞에 잔뜩 쏟아 놓았다. 거실을 예쁘게 꾸며 준 것에 대한 보답이었다.

　며칠이 지나고 그녀는 나를 부를 때 특정 단어를 사용하기 시작했다. 그 단어는 '나또'였다. 그때부터 '나또'라는 말을 들으면 내 귀가 쫑긋거리며 움직였다. 왜 나또라고 부르는지는 알 수 없었다. 그냥 나에게 이름을 만들어 준 게 고마웠다.

　내 이름을 처음 불러 준 날 밤, 그녀는 나를 꼭 끌어안고 이런 말을 했다.

　"난 누구에게도 내 속마음을 솔직하게 털어놓은 적이 없어. 그런데 너에게만큼은 모든 걸 말할 수 있다는 건 우리가 필연

적으로 만날 수밖에 없는 소울메이트나 운명의 관계…… 그렇기 때문이 아닐까? 나또, 네가 우리 집으로 들어온 순간부터 모든 것이 바뀌었어."

매일 같이 우리는 같은 시간에 자고, 같은 시간에 일어났다. 나는 그녀의 좋은 냄새를 맡았고, 그녀도 나의 냄새를 맡아 주었다. 우리는 하나가 된 기분이었다. 어쩌면 분리될 수 없는 하나의 생명체로 다시 태어난 것 같았다.

살아간다는 것은 피폐하고 춥고 힘든 것의 연속인 줄 알았던 내가 행복이라는 느낌을 처음 알게 되었다. 그때 나는 결심했다. 이 여자 사람을 행복하게 해 주고, 내 목숨을 다해 지켜 주고, 마지막 순간까지 사랑하기로.

"강아지님!"

꼬마의 밝은 목소리다.

"밥 다 먹었어요. 선생님께 칭찬받은 얘기도 했고요, 음악 시간에 배운 노래도 불렀어요."

"그래, 잘했어."

"제 꿈에 대해서도 얘기했어요."

"꿈이 뭔데?"

"제 꿈은 놀이터 디자이너예요."

"응? 놀이터?"

"네, 놀이터요."

"재미있는 친구네. 이유가 뭐야?"

"원래 제 꿈은요, 매일매일을 엉망진창으로 보내는 거였어요. 그런데 엉망진창으로 마음껏 시간을 보낼 수 있는 곳이 없더라고요. 아까 우리가 만났던 놀이터는 너무 재미없어요. 저와 제 친구들은 미끄럼틀을 타고 내려오는 것도 좋아하지만 거꾸로 올라가는 게 더 재밌거든요. 그네도 앉아서 타는 것보다 서서 타는 게 더 재밌고요."

역시 어린 인간들에게는 무한한 가능성이 있다.

"인간들은 늘 반대로 하는 것에 재미를 느끼지. 위험한데도 말이야."

"생각보다 위험하지 않아요. 서서 탈 수도 있고 롤러코스터처럼 360도 회전할 수 있는 그네를 만들고 싶고요, 한 번 올라가면 하늘 높이 날아가는 독수리와 인사할 수 있는 세상에서 가장 긴 시소도 만들 거예요. 산에서 가끔씩 커다란 독수리가 이 근처까지 올 때도 있거든요. 그리고 키즈 카페에만 있는 트램펄린도 운동장만큼 널찍하게 만들어서 전교생이 다 같이 방방 뛸 수 있었으면 좋겠어요. 또……."

"그만그만. 뭔지 알았어. 그럼 우리 강아지들을 위해서도 무언가 만들어 줄 수 있어?"

"음, 강아지님들을 위한 놀이터…… 음……."

"인간들은 이기적이라니까. 강아지들은 묶어 두고 자기들만 놀겠다는 심보가 참……."

"아! 생각났어요. 강아지님들이 마음껏 달릴 수 있는 그런 장애물 달리기 코스를 만들 거예요."

"아니, 너희들은 미끄럼틀에, 시소에, 그네에, 트램펄린에서 놀면서 강아지들은 기껏해야 달리기나 하라고?"

"밖에 나가면 목줄이 불편하지 않으세요? 달리기 코스에서는 그런 줄 없이 그냥 마음껏 달리는 거예요."

사실 나는 목줄이 나쁘지 않다. 산책할 때 몸에 감겨 있던 줄은 수주와 나의 마음을 연결해 주는 증표처럼 느껴져서 좋았으니까. 하지만 해안 도로와 산을 빠르게 내달리며 세상을 관통하는 듯한 기분은 처음 느껴 보는 짜릿함으로 다가왔다.

"나쁘지 않은 아이디어로군. 또 뭐 재미있는 거 있어?"

"강아지님들도 미끄럼틀 좋아하시죠?"

"무섭…… 아니 아니, 좋아하고말고! 위에서 아래로 슝 내려가는 게 얼마나 재미있는데……. 에헴."

"내려가는 거 좋아하면 진짜 진짜 높은 미끄럼틀 만들어서 제 친구들하고 같이 타요! 평범한 놀이터에 있는 미끄럼틀은 너무 빨리 끝나요."

"그, 그래. 퍽이나 신나겠군."

우쭐해진 꼬마가 덧붙인다.

"강아지님은 여자친구 있으세요?"

"음…… 나는 같이 사는 인간을 지켜야 하기 때문에 여자친구를 만들 시간 따위 없어."

"그렇군요. 누구나 각자 해야 할 일들이 있네요. 그래도 제 생각엔 인간으로 사는 게 더 불편한 거 같아요. 숙제도 해야 하고, 정해진 시간에 자야 하고, 몸에 나쁜 거 먹으면 안 되고, 예를 들면 과자나 도넛 같은 거요. 또 엄마 아빠 전화번호 기억하고 있어야 하고, 학원 가야 하고, 구구단도 외워야 하고…… 휴…… 강아지님들은 좋겠어요. 그런 거 안 해도 되잖아요."

"꼬마, 이 강아지님들도 불편한 게 얼마나 많은 줄 알아? 기분을 숨기고 싶어도 이 꼬리 때문에 안 돼. 또 귀랑 목덜미는 왜 이리 자주 간지러운지. 특히 겨울이 되면 인간들은 모자에 스웨터에 목도리에 두꺼운 양말까지 신지만 우리는 이 털이 전부라고. 가끔 옷을 입혀 주기는 하지만 솔직히 패션용이지 전혀 따뜻하지 않아. 누구 좋으라고 입히는 건지 이해가 안 간다니까."

"강아지님은 옷 입는 거 안 좋아하나 봐요."

"나랑 같이 사는 인간이 암컷, 아니 여자인데 인터넷 쇼핑으로 몇 개를 샀어. 그런데 그게 죄다 노란색인 거 있지. 자기가 노란색 좋아한다고 다 노란색만 사서 나에게 입힌 거야. 그래. 요즘 수컷들도 노란색 많이 입으니까 이해하려고 했어. 그런데 치렁치렁 레이스 달린 치마를 입힌 건 도저히 용서가 안 돼. 수컷 강아지가 암컷들이 입는 치마를 입는다는 게 이해가 되니?"

"큭큭큭."

"산책할 때 다른 강아지들이 어찌나 이상한 눈으로 바라보던지. 수주는 내 마음도 몰라주고……. 차라리 안 입는 게 나아. 수주 얘기하니까 수주 보고 싶네. 하암, 졸리다. 나는 이제 자야겠어. 너도 그만 자."

"강아지님도 어른인가요? 저보고 먼저 자라고 하니까요. 어른들은 항상 늦게 자면서 아이들한테만 일찍 자라고 해요."

"알았어. 알았어. 자든지 말든지, 나가서 한바탕 엉망진창으로 뛰어놀고 오든지 난 몰라. 잔다."

"나중에 저랑 엉망진창으로 같이 놀아요. 약속!"

포근한 잠자리를 위해 러그를 앞발로 파헤친다. 너무 평평한 것보다는 살짝 울퉁불퉁한 게 더 안락한 느낌이다. 팍팍팍팍 몇 번 긁다가 다섯 바퀴를 돌고 눕는다. 꼬마의 냄새가 가장 또렷하게 나는 양말 쪽을 향해 코를 둔다. 몸을 동그랗게 만다. 잠이 든다.

내가 현실과 꿈을 왔다 갔다 하는 순간의 나른함을 느끼고 있는 사이, 꼬마는 거실로 나갔다가 전선이 주렁주렁 달린 헬멧과 커다란 안테나를 들고 온다.

헬멧에는 'ATS'라고 큼직하게 쓰여 있다. 꼬마는 헬멧을 쓰고 전선을 컴퓨터 모니터와 연결한다.

몸이 따뜻해지고 날이 점점 밝아진다.

반가운 해가 모습을 드러낸다.

우리의 가구 브랜드 '모르겐프리스크' 이름이 떠오른다.

똑같은 모자

수주와 할아버지는 자동차를 타고 해안 도로를 달린다. 나또가 도로변을 달리고 있을지도 몰라 비상 깜빡이를 켜고 천천히 간다. 수주는 창문을 내리고 살핀다. 한적한 곳에 있을 법한 시골 개 한 마리조차 없다. 시간이 흐르고 흘렀을 때 저 앞에 편의점 하나가 눈에 들어온다.

"수주야, 산 근처에는 식당이 없을 수도 있으니 먹을 것 좀 사 가자."

"좋아요."

삼각김밥 4개와 두유 4개를 산다. 편의점 밖에 놓인 테이블 옆 바닥에는 종이컵 하나가 놓여 있고, 건물 모퉁이 바깥쪽 맨 아래 벽돌 한 칸이 유난히 얼룩져 있다. 나또는 산책만 가면 항상 편의점 벽에다가 오줌을 싸고는 했다. 수주는 얼룩을 유심히 바라보고는 나또의 흔적이라 믿기로 한다. 바다 쪽을 향해 있던 발자국들을 머릿속에서 떨쳐 버리고 싶기 때문이다.

수주는 다시 편의점으로 들어가서 물어본다.

"혹시 이 앞에서 작고 밝은 갈색 강아지 못 보셨나요?"

"음…… 강아지라……. 아! 좀 전에 손님들이 종이컵에다가 물을 따라 주는 걸 봤어요. 웃음 소리가 들려서 내다봤었거든요. 여기는 주로 차만 다니는 곳인데 강아지가 어떻게 여기까지 왔나 싶었네요."

"정말요? 그 강아지 어디로 갔는지 보셨어요?"

"저쪽으로 간 것 같아요."

편의점 종업원의 손가락은 남쪽을 가리킨다. 부산 방향이다.

"네, 감사합니다!"

다시 차로 돌아간다. 멀리 보이는 산으로 향한다. 수주는 큰 한숨을 몰아 내쉬고 나서 속삭이듯 말한다.

"방금 그 사람이 말한 강아지…… 나또가 맞을 거예요."

할아버지는 전방을 주시하며 고개를 끄덕인다.

"나또가 이렇게 먼 길을 달려갔다는 게 믿어지지 않는구나."

"늘 산책을 더 하고 싶어 한 이유가 있었어요."

"우리 집이 얼마나 좁게 느껴졌을까. 미안해지네."

쭉 뻗어 있던 아스팔트 도로가 끝나고 울퉁불퉁한 흙길이 나온다. 불과 50미터 앞 경사진 언덕 위에 나무들이 있는 것으로 보아 산 입구인 것 같다. 수주는 창밖으로 고개를 내밀어 산의 높이를 확인하려 하지만 꼭대기가 어디인지조차 보이지 않는다.

"나또가 산으로 들어갔다면 우리도 가야겠죠? 근데 이렇게 큰 산속에서 찾을 수 있을지……."

"나또는 이 산을 넘으면 부산이라는 걸 알고 있을 거야. 여기는 사람들이 다니는 등산로가 아니라서 위험할 것 같구나. 해가 조금만 떨어져도 금세 어두워져서 길을 잃거나 갇힐 수 있어."

할아버지는 주변을 둘러본다. 현재 위치에서는 차로 갈 만한 길이 보이지 않는다.

"수주야, 핸드폰으로 지도 좀 확인해 볼래?"

수주는 지도 앱을 누른다. 화면이 바뀌는 속도가 느리다. 화면 속 안테나를 보니 한 칸과 두 칸을 왔다 갔다 한다. 근처 지도가 가까스로 뜬다. 위성 뷰로 바꾼 뒤에 확대해 본다. 확대하는 데도 시간이 걸린다. 겨우 확대된 지도를 살펴보니 산 둘레로 길이 있다. 산을 빙 둘러 꽤나 돌아가는 먼 거리다. 그래도 할아버지는 산을 넘어가는 것보다는 낫다고 판단한다. 여기서는 보이지 않지만 조금만 가면 나오는 길이다. 지도가 정확하다면…….

지도에 나와 있는 방향으로 달린다. 좁은 길이 하나 나온다. 차 한 대가 겨우 지나갈 정도의 비포장도로다. 차는 흔들거리고, 몸도 흔들거리고, 눈앞의 시야도 흔들거린다. 불규칙한 흔들거림에 몸을 맡기다 보니 조금씩 멀미가 난다. 롯데월드의 자이로스윙과 에버랜드의 티익스프레스를 열 번 연속으로 타도 멀미 한 번 하지 않던 수주는 태어나서 처음으로 울렁거림을 느낀다.

사방이 어둑어둑해진다. 아직 어두워질 시간이 아닌데 산속은 도시보다 어둠이 더 빨리 찾아온다. 할아버지는 한쪽 길가에 차를 세운다.

"길이 험해서 날이 밝으면 가야 할 것 같구나. 오늘은 차에서 자자."

둘은 식사도 제대로 하지 못했지만 입맛이 없다. 할아버지는 운전석 의자를 뒤로 눕히고, 핸들 위로 다리를 올린다. 수주는 뒷좌석에서 길게 몸을 눕힌다.

전기 에너지로 만들어 낸 불빛은 사방 어디에서도 찾아볼수가 없다. 수주의 눈에 들어오는 불빛은 차창을 통해 보이는하늘 위의 별빛과 달빛뿐이다.

"어디를 가든지 마음을 다한다면, 원하는 것을 해낼 수 있단다. 살아 보니 그래."

할아버지는 피곤함이 섞인 목소리로 말한다.

수주는 반짝이는 하늘의 별들을 바라본다. 흔하지 않은 이순간의 풍경을 핸드폰에 담아 두고 싶다. 배터리는 가득 충전되어 있지만, 신호는 잡히지 않은 지 오래다. 전화도, 문자도, 카톡도, 가장 중요한 지도도 연결이 안 된다.

오히려 마음이 편하다. 속세에서 해방된 듯한 느낌이다. 이 순간을 기억하기 위해 사진을 찍는다. 찰칵.

나또를 찾을 수 있다는 나의 마음은 저 별처럼 빛나고 있지 않을까. 나또도 지금 저 별을 보고 있지 않을까.

별빛과 별빛 사이로 별똥별이 밝은 빛줄기를 그리며 내려간다. 그 황홀한 광경에 매료되어 소원 비는 것을 깜빡했다. 눈을 감고 소원을 마음속으로 떠올려 본다.

수주는 눈을 번쩍 뜬다. 두 시간쯤 잔 것 같은데 시계를 보니 시간이 꽤 흘렀다.

"에취!"

수주의 재채기 소리가 차 안을 가득 채운다.

"아, 추워."

부르릉, 시동이 걸린다. 송풍구에서는 찬 바람이 나오다가 조금씩 따뜻한 바람이 나온다. 수주는 일어나려고 팔을 버둥거리지만 실패한다. 오래 웅크리고 있던 탓에 관절 마디마디가 삐그덕거린다. 간신히 몸을 일으킨다. 할아버지의 두툼한 카디건이 덮여 있다.

"안녕히 주무셨어요?"

눈을 반만 뜬 채 창밖을 본다. 새벽 공기가 차갑고 습하다. 안개가 은은하게 펼쳐져 있다.

"잘 잤니, 수주야? 콜록콜록."

덮고 있던 카디건을 할아버지에게 건네준다.

"할아버지, 추운데 왜 이걸 주셨어요. 감기 걸리신 거 아니에요?"

"괜찮다. 히터 틀었으니 따뜻해질 거야."

할아버지는 운전석 시트를 세우고, 수주는 조수석으로 간다.

"차박을 하는 날이 올 줄이야. 요즘 젊은 사람들 차에서 어떻게 자나 했는데 그럭저럭 할 만하구나."

"그래도 저는 침대가 좋아요. 아우, 허리야……."

수주는 바람이 나오는 송풍구에 손을 대고 차가워진 손을 데운다. 기름이 거의 다 떨어졌다는 알람이 뜬다. 할아버지는 평소 같으면 이 정도면 충분히 갈 수 있다며 걱정하지 말라고 했었지만, 오늘은 그런 말을 하지 않는다. 산의 끝이 어디인지 짐작이 안 갈뿐더러 근처에 주유소가 없을 것이 분명하기 때문이다.

몸이 따뜻해지고 날이 점점 밝아진다. 반가운 해가 모습을 드러낸다. 우리의 가구 브랜드 '모르겐프리스크' 이름이 떠오른다. 할아버지가 지은 이름이다. 덴마크어로 '잘 자고 일어난 새벽에 느끼는 상쾌하고 청량한 기분'이라는 뜻이다. 수주는 갑자기 나또를 만날 수 있을 것 같다.

어제와 같은 울퉁불퉁한 길을 따라 뒤뚱거리며 나아간다. 할아버지는 심하게 흔들리는 차의 핸들을 꼭 잡고 있다. 수주는 조수석 창문 위에 있는 손잡이를 꼭 잡고 있다.

톡. 톡. 톡톡톡톡.

앞유리에 물방울이 한두 개씩 떨어진다. 갑자기 그 수가 점점 많아진다. 와이퍼가 왔다 갔다 하며 물방울들을 지워 낸다. 쨍쨍했던 하늘은 금새 어두운 먹구름으로 뒤덮인다.

수주는 유리 위로 떨어지는 빗방울 갯수를 세어 본다. 너무 많아서 셀 수 없다. 만약에, 아주 만약에 나또를 다시 못 만난다면 하늘에서 내려오는 빗방울보다 더 많은 눈물을 흘릴 것 같다. 그 순간, 그런 끔찍한 생각은 하지도 말라는 경고인지 요란한 천둥소리와 함께 번개가 내리친다. 수주는 혼잣말로 속삭인다.

"빨리 나또 찾으러 가야 하는데 마른하늘에 날벼락이라니."

치지지지지. 바퀴가 헛도는 소리다.

할아버지는 곤혹스러워하며 엑셀을 밟았다 뗐다를 반복한다.

"이런, 차가 안 나가네……"

안 그래도 울퉁불퉁한 흙길이 비와 섞여 진흙탕으로 변했다.

"제가 뒤로 가서 밀어 볼까요?"

"흠, 어쩐다. 나뭇가지나 돌을 구해다가 바퀴 밑에 끼워 넣어야 할 것 같아."

"같이 찾으러 가요, 할아버지"

"비가 어느 정도 그치면 나가는 게 좋겠구나."

지나가는 비였는지 예상보다 빨리 그치고 두툼한 무지개가 하늘을 가로지르고 있다. 수주와 할아버지는 차가 진흙에서 빠져나올 만한 도구를 찾으러 간다. 질퍽한 진흙과 툭 튀어나온 돌들이 뒤섞인 길을 걸으며 쓸만한 나무가지를 찾는다. 걷다 보니 계곡 물줄기가 보인다. 그런데 저 멀리 파란색 모자를 쓴 갈색 무언가가 움직이는 것이 보인다.

"할아버지! 저기 보세요!"

파란 모자를 향해 뛴다.

"나또! 나또야!"

작은 동물이 물가에서 뭔가를 열심히 운반하고 있다. 이쪽을 쳐다볼 생각도 없는 것 같다.

"나! 또! 나! 또!"

아무 대답이 없다. 더 가까이 다가간다.

"······아니네. ······두더지네."

거친 숨을 몰아쉰다. 망연자실한 가운데 수주의 머릿속에 물음표가 뜬다.

"근데 어떻게 나또와 같은 모자를 쓰고 있지? 두더지가 왜 물가에서······. 두더지가 아닌가?"

수주는 핸드폰을 열어 파란 모자 청년과 같이 찍은 나또의 사진을 다시 확인한다. 나또의 모자 부분을 확대한다. 실밥의 방향이나 색감이 아무리 봐도 똑같다.

"할아버지, 저 두더지가 쓰고 있는 모자가 나또가 쓰고 있던 모자와 같아요."

"정말 그렇구나."

"나또가 흘린 걸 저 두더지가 주웠을까요?"

하늘을 보니 독수리 한 마리가 날아다닌다.

"설마 저 독수리에게……."

수주는 다리에 힘이 풀려 풀썩 주저앉는다. 할아버지는 수
주의 어깨에 손을 얹으며 안심시키듯이 말한다.

"나또는 분명 살아 있어. 그렇게 쉽게 세상을 떠날 애가 아
니야."

"그럴까요? 살아 있겠죠? 근데 왜 나또가 쓰고 있던 모자를
두더지가 쓰고 있는 걸까요?"

수주는 하늘을 올려다본다. 여전히 거대한 독수리 한 마리
가 머리 위를 유유하게 빙빙 돌고 있다.

"야, 이 나쁜 독수리야! 너 설마 나또를…… 우리 나또를!
야, 이 나쁜 놈아!"

상상하기도 싫은 상상이 자꾸 머릿속에 그려지며 눈물이 터
져나온다. 수주는 양손으로 얼굴을 가린다. 어깨가 떨리듯 흔
들린다.

내가 가진 깊은 사랑만큼 깊은 분노가 생길 수 있다는 걸
그날 처음 깨달았다.
뿌듯하면서도 복잡한 감정이 드는 하루였다.

꼬마의 엄마

레드카펫의 끝에는 파란 모자를 쓴 남자와 솜사탕처럼 부풀어 있는 하얀 옷을 입고 반짝이는 티아라를 머리 위에 살포시 올린 여자, 그리고 정장을 입은 노인이 단상 위에서 포근한 미소를 띠고 이쪽을 바라보고 있다.

화면은 점점 세 명의 인간 쪽으로 가까워진다. 예쁜 여자와 잘생긴 남자는 자세를 낮추고 내 입에 물려 있는 작은 상자를 전달받는다. 상자를 열고, 서로의 손가락에 반지를 끼워 준다. 꽃가루가 가득 들어 있는 폭죽이 터지고 주변의 사람들은 박수를 친다.

장면은 예고도 없이 갑작스럽게 바뀐다.

땅땅땅.

"재판을 시작하겠습니다!"

덩치가 크고 무섭게 생긴 불도그 재판관이 묵직한 목소리로 외친다.

"정말로 루미라는 고양이를 사랑했소?"

"사랑……. 수주와 할아버지를 사랑합니다만, 그 사랑과는 다른 느낌이었습니다."

"그 느낌을 설명해 보시오."

"루미를 처음 봤을 땐…… '탁' 하고 발톱이 잘려 나갈 때 느껴지는 아릿하면서도 시원한 감각이 시간이 멈춘 듯 한동안 지속되는 것 같았습니다."

"아팠다는 뜻이오?"

"아니요. 마음속에 아주 진한 꽃향기가 가득해지면서 입에 간식을 물고 차 안에서 창밖으로 고개를 내밀어 세상의 냄새를 맡는 것만큼 기분 좋은 그런 감정이었습니다."

불도그 판사는 펜으로 무언가를 적는다.

"지금 그 고양이가 보고 싶소?"

"네."

"많이?"

"네."

"그게 사랑이오."

불도그 판사는 무언가를 잔뜩 적는 것 같더니 종이를 들고 천천히 읽는다.

"판결문. 개와 고양이는 서로 다른 에너지와 진동을 가진다. 개는 태양과 함께하는 밝은 에너지를 가지고 있으며, 고양이는 달과 어우러진 어두운 에너지를 품고 있다. 이 두 가지 에너지가 충돌하면 세계의 균형을 무너뜨릴 수 있고, 자연의 조화에 영향을 미칠 수 있다. 피고의 사랑은 다른 개들에게 혼란을 가져올 수 있으며, 여태까지 지켜온 선조들의 지조와 순결을 헛되이 할 수 있다는 점으로 보아, 피고인 나또에게 실형을 선고한다."

"판사님, 그건 아닙니다! 고양이는 어둡지 않아요! 조용할 뿐이에요. 저는 억울합니다. 사랑이 죄인가요!"

"보안관리대! 아직도 반성하지 않는 저 못된 강아지를 법정에서 끌어내시오!"

근육질의 셰퍼드 두 마리가 내 양팔을 잡고 끌고 간다.

철컹. 감옥에 갇힌다.

"열어 주세요! 저는 죄가 없다고요! 사랑은 죄가 아닙니다!"

눈이 번쩍 떠진다. 휴우. 꿈이었구나.

낯선 냄새다. 여기가 어디지? 아, 꼬마네 집이지.

고개를 빼꼼 드니 꼬마는 이불과 한 몸이 되어 자고 있다. 이불이 꼬마를 말아 버린 건지, 꼬마가 이불을 말아 버린 건지 모르겠다.

푹 잔 것 같아 몸은 개운한데 머리는 상쾌하지 않다. 무슨 꿈을 꾼 것 같기도 하고…… 무슨 꿈이더라…….

벌름벌름. 방 안이 꼬마의 냄새로 가득하다. 아침이라는 뜻
이다. 일어날 시간이라는 뜻이다. 침대 밖으로 살짝 나와 있는
꼬마 녀석의 손가락 냄새를 맡아 본다. 킁킁. 나쁘지 않다. 할
짝할짝. 수주는 내가 핥아 주면 배시시 웃으며 일어나곤 했다.
할짝할짝. 꼬마의 손을 몇 번 더 핥는다. 안 아프게 깨물어 보
기도 한다.

"으음, 안녕히…… 주무…… 셨어요……."

예의 바른 녀석. 눈 뜨자마자 인사라니. 꼬마는 웅얼웅얼하
더니 미동도 하지 않는다. 뭐야? 다시 잠든 거야? 오기가 생
긴다. 침대에 올라간다. 볼을 핥는다.

"크크, 간지러워요."

"일어나, 꼬마. 시간이 몇 시인데. 학교 가야지."

"알겠어요. 아우, 졸려……."

꼬마는 화장실로 가서 세수를 하고 아침 식사를 마치고 책
가방을 가지러 방으로 돌아온다.

"꼬마, 저것들은 다 뭐야?"

꼬마는 눈을 동그랗게 뜬다.

"아! 엄마가 요즘 만들고 있는 물건이에요. 진짜 신기해
요."

"뭔데?"

"이걸 머리에 쓰고, 안테나 방향을 잘 조절한 다음에 이 다
이얼을 천천히 돌리면 지구 밖에서 나는 소리가 들려요. 엄마

가 말씀하시기를 신호만 잘 맞으면 모니터에 영상도 나올 수 있대요."

"에잇, 말도 안 돼."

"저도 아직까지 정확한 소리를 들은 적은 없어요. 근데 가끔씩 무슨 소리가 들리는 것 같기도 해요. 나중에 놀이터 다 만들면 우주 왕복선도 만들 거예요."

"나도 태워 줘. 나는 창가 자리 좋아해."

"그럼요, 같이 타요. 여기 사진에 있는 아줌마, 아저씨가 우주 연구 분야에서는 최고였대요. 엄마가 예전에 이분들 후임으로 일했었는데 대단한 분들이라고 했어요."

꼬마는 서랍에서 신문 기사를 오려 붙인 듯한 스크랩을 꺼내 보인다.

"그런데 안타깝게 연구를 끝내지 못하고 사고로 돌아가셨대요. 저는 이분들이 못 다한 연구를 끝내고 싶어요. 지금까지 아무도 발견하지 못한 신기한 것들도 알아내고 싶고요. 너무 멋질 거 같지 않아요?"

나는 저 터무니없고도 유치한 말에 대답은 하지 않고 가벼운 한숨만 내쉰다. 계속 대화를 해 봤자 내 머리만 아플 뻔하다. 밖에서 꼬마 엄마 목소리가 들린다.

"아들, 학교 가야지."

"네, 엄마! 강아지님, 저 학교 다녀올게요."

처음 수주와 살기 시작했을 때 수주는 아침마다 외쳤다.

"학교 다녀오겠습니다! 나또야, 누나 학교 다녀올게!"

학교가 궁금했다. 학교가 도대체 어떤 녀석이기에 수주는 하루 종일 학교랑 있다가 오는 것일까. 나에게서 수주를 빼앗아 가는 것 같아 학교라는 것이 싫었다. 그래서 수주가 집에 돌아오면 학교를 잊을 수 있도록 폭풍 뽀뽀를 퍼부었다. 수주는 이리저리 고개를 돌렸지만 완전히 밀어내지는 않고 까르르 까르르 웃었다.

산책하던 날이었다. 지나치는 모든 나무에 한 그루도 빠짐없이 영역 표시를 하다가 바닥만 쪼아 대는 게으른 비둘기 무리에게 달려들었다. 품위 없이 푸드덕 날아가는 모습을 보며 의기양양해 있을 때 수주가 말했다.

"나또, 우리 학교에 가 보자."

학교! '학교'라는 말에 귀가 뒤쪽으로 당겨졌다. 드디어 때가 온 것이다. 나쁜 학교 녀석을 혼내 주기 위해 실컷 짖어 댈 준비를 하고 따라나섰다.

집에서 10분쯤 걸어가자 코끼리가 왔다 갔다 할 수 있을 만큼 커다란 문이 나왔다. 활짝 열린 문을 지나 오르막을 오르니 갑자기 눈앞에 놀이터보다 넓은 공터가 펼쳐졌다. 공터 뒤로는 5층 건물이 길게 뻗어 있었다.

"나또야, 여기가 내가 다니는 학교야."

학교라고? 요 녀석, 어디 맛 좀 봐라. 왈! 왈! 왈! 학교라는 녀석을 찾기 위해 크게 세 번 짖었다. 조용하다. 아무도 나오지 않았다. 냄새를 맡아 봐도 낯선 인간들의 냄새와 저녁 공기 냄새 외에 다른 냄새가 나지 않았다.

"여기 운동장에서는 운동을 해. 달리기나 피구 같은 거. 물론 나는 운동을 싫어하지만. 저기 건물 보이지? 건물 안에서는 공부를 해. 영어도 하고, 수학도 하고. 물론 나는 공부를 싫어하지만. 응? 그럼 난 좋아하는 게 없네. 그래도 학교에서 재미있는 게 있긴 해. 수업 시간에 딴생각하기. 무슨 생각하냐고? 헤헤, 그건 비밀."

혼자 질문하고 혼자 대답하는 수주를 물끄러미 바라봤다. 아…… 그렇구나. 학교는 그런 게 아니었어. 이 넓은 공터와 저 커다란 건물을 합쳐서 학교라고 부르는 거였어. 우헤헤. 학교가 나에게서 수주를 빼앗아 가는 녀석이 아니라는 사실에 갑자기 기분이 좋아졌다. 나의 꼬리는 주책없이 팔랑거리기 시작했다.

운동장에서 두 명의 인간이 손에 막대기를 들고 세모난 공을 번갈아 가며 치고 있었다. 수주는 그것을 보고 '배드미톤'인지 '배두민탄'인지라고 했다. 삼각형 공이 내 앞에 툭 떨어졌다. 놀자고 보낸 신호였다. 나는 삼각형 공을 물고 뛰기 시작했다. 인간들은 깔깔거리며 신나게 나를 쫓아왔다. 역시 인간들은 단순하다.

그렇게 몇 분을 물고 뛰어다니다가 재미없어져서 내려놓았

다. 웃으며 나를 쫓아오던 인간들에게서 실망스러움이 전해
졌다. 삼각형 공의 가운데 동그란 부분이 우글우글 찌그러져
있었다. 수주는 표정이 좋지 않았다.

수주가 막대기를 들고 있던 인간들에게 고개를 몇 번 숙이
는 동안 멀리서부터 바람을 타고 달콤한 냄새가 날아들었다.
천천히 따라가 보니 운동장 구석이었다. 수주와 비슷한 또래
의 여자 인간 몇 명이 나를 보며 웃고 있었다. 그중 한 명이 나
에게 손짓했다.

"이리 와 봐, 똥개야. 네가 수주 강아지니?"

나는 똥개라는 말에 살짝 마음이 상했지만 수주라는 말에
꼬리를 흔들었다. 수주의 친구인가 싶었다. 조심스레 그녀에
게 다가갔다. 그녀는 퉤 소리와 함께 입에서 뭔가를 뱉었다.
바닥에 떨어진 그것의 냄새를 맡았다. 달콤한 향과 인간의 침
냄새가 섞여 있었다. 이 달콤한 향은 수주가 입을 오물거리며
씹다가 소리도 내고 풍선도 부는 그것이었다. 그 맛이 궁금해
입에 대려는 찰나, 수주 목소리가 들렸다.

"안 돼, 나또!"

수주는 나를 향해 뛰어왔다.

여자 인간들은 수주와 나를 바라보며 낄낄댔다. 웃음은 대
부분 기분 좋은 것인데 그녀들의 웃음소리에서는 둔탁하며
부정적인 감정이 전해졌다. 수주는 화난 표정으로 그들을 노
려보더니 나를 안고 집으로 향했다.

"쟤가 내가 말했던 장채린이라는 애야. 아주 못됐어. 맨날 날 놀리고 괴롭혀. 언제 한번 혼내 줄 거야."

다음 날, 학교에서 돌아온 수주는 책상 앞에 앉아 울었다. 슬픔이 느껴졌다. 나는 의자 아래에 앉아 수주의 얼굴을 올려다보았다. 수주는 울먹이며 나에게 공책을 보여줬다. 종이에 끈적끈적한 것이 붙어 있어서 펼쳐지지 않았다.

"어제 봤던 장채린이 내 다이어리에 껌을 붙여 놨어. 너랑 같이 살기 시작한 날부터 쓴 다이어리인데……."

킁킁. 냄새를 맡아 보았다. 어제 기분 나쁜 웃음소리를 내던 여자 인간의 침 냄새가 났다. 어제도 그렇고 오늘도 그렇고 '장채린'이라는 이름을 말할 때마다 수주에게서 두려움이 새어 나왔다. 언제 한번 그 여자 인간을 만나면 치맛자락을 물고 흔들기로 다짐했다. 책상에 팔꿈치를 대고 두 손으로 얼굴을 감싸고 있는 수주를 위로하기 위해 발등을 앞발로 톡톡 다독였다. 종아리에 얼굴을 문질렀다. 별로 효과가 없는 것 같았다.

수주는 그날 저녁밥을 먹지 않았다. 나에게도 이상한 일이 벌어졌다. 태어나서 처음으로 로얄캐닌을 남겼다. 다섯 알 정도밖에 안 먹었다. 할아버지는 놀라며 나를 두 손으로 감싸고 살펴봤다. 수주가 입맛이 없는 날에는 나도 입맛이 없었다. 우리는 하나니까.

며칠 뒤, 산책을 하다가 또 학교라는 곳이 가고 싶어서 그쪽 방향으로 목줄에 무게를 실었다. 수주는 힘에 못 이기는 척하며 내가 원하는 방향으로 따라왔다. 삼각형 공을 가지고 노는 인간들이 없어서 실망했다. 그때 운동장 한쪽 구석에서 낄낄거리는 소리가 들려왔고, 장채린의 냄새가 저녁 바람을 타고 콧속으로 들어왔다. 그 냄새를 구별해 내자마자 여태까지 경험하지 못했던 분노의 감정이 치솟았다. 털이 곤두서는 오싹함을 느끼며 냄새가 나는 쪽으로 힘차게 내달렸다. 수주는 잡고 있던 목줄을 놓쳤고 "나또야! 멈춰!"라고 소리치며 나를 따라왔다. 못 들은 척하면서 전력 질주하는 동안 어떻게 혼내줄지 생각했다. 마침 그 여자 인간이 쭈그려 앉아 열심히 들여다보고 있는 핸드폰이 보였다. 속도를 높여 달려가 핸드폰을 입으로 낚아챈 후 재빠르게 도망쳤다.

장채린은 "꺅" 하고 소리를 지르더니 "똥개, 너 죽었어!"라며 따라왔다. 문제는 핸드폰이 생각보다 미끄럽다는 것이었다. 얼마 가지 못해 놓칠 수밖에 없었고, 그 핸드폰은 땅바닥으로 떨어져 몇 바퀴 돌더니 아주 고소한 냄새가 나는 틈새로 쏙 빠져버렸다. 깊숙한 곳에서 물 흐르는 소리가 들렸고, 핸드폰 냄새는 점점 희미해지다가 이내 사라졌다. 장채린 인간은 얼굴빛이 노랗게 변하면서 말했다.

"내 신상 아이폰이…… 하수구에 빠져 버렸어……."

그 자리에 주저앉더니 울기 시작했다. 슬퍼하고 있음을 확인했다. 통쾌한 순간이었다. 뒤돌아서 수주 쪽을 향해 힘차게 달려갔다. 뿌듯한 기분에 집에 들어가기 전 문 앞에서 학교 쪽을 향해 다섯 번 짖었다. 그날 저녁 수주는 나에게 평소보다 더 많은 간식을 주었다.

목욕을 마치고 개운한 상태로 수주의 이불 속으로 들어갔다. 문득 아까의 감정이 생각났다. 스스로를 통제할 수 없었던 그때 그 감정은 무엇이었을까? 장채린 인간을 향해 달려가면서 콱 물어야겠다는 생각이 잠깐 들었다. 그러나 인간을 물어서는 안 된다는 내면의 속삭임에 그 생각은 빠르게 접었다. 그래도 나같이 침착하고, 품격 있고, 교양 있고, 매너 넘치는 강아지가 왜 솟구쳐 오르는 화를 절제하지 못한 걸까?

수주는 뒤척거리다가 내 옆구리를 긁듯이 쓰다듬으며 "사랑해, 잘 자"라고 웅얼거리고 잠들었다. 사랑의 손길은 늘 기분을 좋아지게 한다. 사랑……. 그래, 사랑 때문이야. 나는 수주를 사랑한다. 수주는 내가 지켜야 하는 인간이다. 그런 수주에게 두려움과 슬픔을 안긴 인간에게는 내가 가진 깊은 사랑만큼 깊은 분노가 생길 수 있다는 걸 그날 처음 깨달았다. 뿌듯하면서도 복잡한 감정이 드는 하루였다.

수업 종이 울린다. 수업이 끝나기만을 기다리며 몸을 배배 꼬고 있던 학생들이 부산하게 가방 정리를 시작한다.

"3학년 2반 여러분, 집에 조심히 가고 내일 다시 만나요."

선생님의 말씀이 끝나자마자 꼬마는 집으로 뛰어간다. 엄마는 오늘 회사에 휴가를 내고 꼬마와 같이 유기 동물 보호소에 가기로 했다.

"엄마! 강아지님!"

"응, 잘 다녀왔어?"

엄마는 강아지를 쓰다듬으며 말한다.

"이 강아지 정말 똑똑한 것 같아. 자, 이제 데려다주러 가
자."

"우리랑 같이 있으면서 주인 찾아 주면 안 돼요?"

"여기 있는 것보다는 보호소에 있는 게 좋겠구나. 그쪽이
주인 찾기가 훨씬 좋을 거야. 주인은 얼마나 보고 싶겠니? 이
강아지도 그렇고."

"네……."

보호소로 향하는 차 안에서 꼬마는 나또를 꼭 안고 있다. 서
로의 부드러운 숨결이 익숙해진 걸 보니 어느새 가족이 된 것
같다.

보호소에 도착한다. 꼬마와 엄마는 여기저기 둘러보며 보호
소 시설이 괜찮은지 확인한다. 다행히 관리가 잘되어 있다. 그
런데 보호소 마당 중앙에 커다란 사냥개가 서 있는 것이 눈에
띈다. 덩치가 있는 검은색 개라서 그런지 위협적으로 느껴진
다.

"엄마, 저 개가 다른 강아지들을 물거나 괴롭히진 않겠죠?"

"여기 계신 분들이 잘 돌봐 주시겠지. 너무 사나운 개면 따
로 분리했을 거야. 걱정하지 마."

꼬마는 걱정스러운 표정으로 나또를 바라보며 말한다.

"강아지님, 꼭 친구분 찾으세요. 우리 언젠가 또 볼 수 있겠지요? 어제 하루 짧은 시간이었지만 행복했어요. 강아지님도 꼭 행복해야 해요."

꼬마는 나또를 보호소에 맡기고 다시 차에 오른다. 나또를 향해 열심히 손을 흔든다. 몸을 돌려 나또가 보이지 않을 때까지 계속 손을 흔든다. 보호소가 멀어지자 꼬마는 자세를 바로하고 엄마를 바라본다. 엄마의 표정이 좋지 않다. 슬픈 생각에 잠긴 것 같다.

"사진을…… 서랍 속에 두고 왔는데…… 가지러 가야겠어. 이제는……."

"엄마? 무슨 말씀 하시는 거예요? 괜찮으세요?"

엄마는 꼬마를 바라보며 살짝 미소 짓더니 25년 전 어린 시절에 키웠던 개 이야기를 해 준다.

"엄마가 너만큼 어렸을 때 말이야……."

꼬마의 엄마는 잠시 과거의 기억으로 돌아간다.

"진순아!"

"월월!"

누렇고 덩치가 제법 큰 개가 논과 논 사이의 좁은 시골길 끝에서 귀와 꼬리를 휘날리며 달려온다. 나와 몸집이 비슷한 진순이는 나에게 안긴 건지 나를 안아 주는 건지 모르겠지만 서로 부둥켜안고 반가움의 기쁨을 나눴다.

할아버지의 할아버지 때부터 살던 오래된 한옥 대문에서 진순이는 학교에 가는 나의 뒷모습을 바라보았다. 가면서 문득 뒤를 돌아보면 진순이는 그대로 앉아 있었다. 내가 보이지 않을 때까지 꼼짝하지 않는 것 같았다. 가끔 도시락이나 실내화 가방을 놓고 가면, 그걸 입에 물고 칠칠하지 못한 주인을 찾아 학교 앞까지 달려왔다.

내가 감기에 걸려 시름시름 앓고 있을 때면, 발밑에 누워서 나를 지켜봤고 내가 괜찮은지 확인하는 것처럼 내 뺨을 핥았다. 여름에 마당 평상에서 낮잠을 잘 때면 모기나 파리들이 달라붙지 않도록 쫓아냈다. 하루하루가 진순이와의 행복한 시간이었다. 우리 둘은 세상에서 가장 완벽한 단짝이었다.

몇 년이 지나고, 논밭이었던 동네에 갑자기 아파트가 들어서기 시작했다. 진순이가 나를 맞이하던 정겨운 시골길도 아스팔트 도로로 바뀌었다. 조용하고 한적했던 길에는 승용차와 트럭이 쌩쌩 달렸다.

"진순아, 오늘부터 마중 나오지 않아도 돼. 차들이 많이 다녀서 위험하거든."

진순이의 행동반경이 많이 줄게 되지만 어쩔 수 없었다. 진순이는 내 말을 알아들었는지 집 앞 마당까지만 나오고 차도 쪽으로는 가지 않았다. 그때 진순이의 나이는 열네 살. 인간의 나이로 치면 백발이 성성한 할머니였다.

나이가 들어서인지 움직임이 급격히 둔해졌다. 걸음걸이가 불안정해졌고, 입과 턱 주변에는 희끗희끗 시간의 흔적들이 보이기 시작했다. 그래도 내가 학교에 갈 때면 마당 끝에서 활짝 열린 대문을 통해 내가 보이지 않을 때까지 지켜보았고, 학교에서 돌아올 때면 힘겨운 몸을 이끌고 대문까지 나와 나를 맞이해 주었다.

그동안 진순이를 찍은 사진이 하나도 없음을 알았다. 며칠 뒤 다가올 진순이의 생일에 맞춰 옆집에서 카메라를 빌려 두었다. 1999년 4월 25일 진순이의 생일. 나는 진순이를 따스한 햇볕이 드는 평상 위에 올려 두고 사진을 찍었다. 그리고 동네 사진관에서 인화를 한 뒤 서랍 속에 있던 액자 하나를 꺼내 사진을 끼워 두었다.

진순이의 윤기 나던 금빛 털은 푸석푸석해졌다. 하루하루 지나면서 진순이의 한 숨, 한 숨이 힘겹다는 것을 느낄 수 있었다. 쇠약해졌다는 말은 이럴 때 쓰는 단어라는 걸 처음 알았다. 같이할 시간이 얼마 남지 않음을 짐작할 수 있었다.

그날 밤 어둠이 방 안에 스며들 때 나는 진순이를 살포시 끌어안았다. 마지막이었다.

"진순아. 너와 나는 끝까지 함께라는 걸 잊지 마. 사랑해. 많이 사랑해. 우리가 함께한 모든 순간을 잊지 않을게. 넌 내 친구로 영원히 내 가슴속에 살아 있을 거야."

진순이의 숨이 멈췄다.

집 안 여기저기에는 진순이의 흔적들이 있었다. 진순이가 끌어안고 자던 이불, 진순이가 가지고 놀던 장난감, 진순이가 마당을 돌아다니며 남긴 발자국이 있었다.

나는 한동안 아무것도 먹지 못하고 울다가 잠들기를 반복했다. 결국 호흡곤란 증세로 쓰러졌고, 며칠간 병원 신세를 져야 했다. 하지만 집으로 돌아와서도 진순이의 사진을 볼 때마다 눈물이 멈추지 않았고, 결국 사진을 서랍 깊숙한 곳에 넣어 두었다. 우리들의 아름다운 추억이 슬픔이라는 감정에 지워지는 것을 내버려둘 수는 없었다.

그 뒤로 나는 개를 키울 수 없었다. 지나가는 개들만 봐도 진순이와 함께했던 추억, 진순이를 떠나보낸 순간이 떠올랐다. 세월이 지나도 그리움은 늘 남아 있다.

오늘은 진순이와 털 색깔과 눈망울이 비슷한 강아지를 아들과 함께 보호소에 맡기고 왔다. 이 예쁜 강아지를 찾고 있는 주인은 얼마나 가슴이 아플까. 오늘따라 하늘에 있는 진순이가 유난히 보고 싶다. 세월이 흘러서일까? 이제는 슬퍼하지 않을 자신이 있다. 서랍 속에 넣어 둔 사진을 가져와도 될 것 같다.

"나도 고양이들한테 이해 안 되는 게 있어.

먹여 주고 재워 주는 인간이 집에 들어오면

반가운 척이라도 해야 하는 거 아니야?

너희 고양이들은 정말 예의 없고 무례한 것 같아."

보호소 친구들

    킁킁, 킁킁. 수많은 냄새가 뒤섞여 있다. 큰 강아지들의 쿰쿰한 냄새, 조그만 강아지들의 앙증맞은 냄새, 다리 짧은 강아지들의 꼬롬한 냄새, 털이 북실북실한 강아지들의 쿠더브레한 냄새, 몸에 설탕 국물이라도 묻었는지 하루 종일 자기 털을 핥고 있는 고양이들의 마른 털냄새까지. 강아지들과 고양이들이 한데 뒤섞여 노는 곳은 처음이다. 인간들이 와서 마음에 드는 동물을 데리고 가기도 한다.

    잔디밭으로 나간다. 폭신한 잔디와 무른 흙이 적절히 섞여 있어 발바닥에 느껴지는 쿠션감이 좋다. 선선한 공기에 입을 쫙 벌려 하품을 크게 한다.

    잔디 냄새를 맡아 본다. 킁킁. 냄새를 맡는 사이 다른 강아지들이 신입생인 나를 보더니 우르르 몰려온다. 도망가고 싶은데 이미 둘러싸여서 도망갈 수가 없다.

다 같이 코를 들이밀고 내 몸을 킁킁거리며 냄새를 맡는다. 무슨 잘못이라도 한 것마냥 취조당하는 듯한 느낌에 모욕감이 들었지만 할 수 있는 게 없다. 참을성 있게 기다린다. 다행히 다들 아무 일 없다는 듯 돌아간다. 나의 냄새가 나쁘지 않았던 모양이다. 그렇지. 나쁠 리가 없지. 나는 똑똑하고 멋진 강아지니까.

여기에 어떤 동물들이 있나 천천히 살펴본다. 자세히 보니 똑바로 걷지 못하는 강아지들이 보인다. 나이가 많아 보이기도 하고, 아파 보이기도 한다. 몇몇 강아지들은 투명한 깔때기를 목에 달고 있다. 수주와 병원에 갔을 때도 저렇게 깔때기를 목에 두른 강아지를 본 기억이 난다.

어떤 개는 비율이 특이하다. 다리는 파란 모자 청년과 먹었던 소떡소떡의 소시지처럼 몽땅하고, 허리는 길어서 공원 벤치같이 생겼다. 허리 위에 걸터앉아야 할 것 같다.

주변의 개들과 고양이들을 쭉 둘러본다. 아무나 붙잡고 말을 걸어 볼까 하다가 이곳 분위기 파악 좀 하고 나서 입을 떼기로 한다. 잔디밭 한편에 자리를 잡고 앉는다. 시선을 사로잡는 멋진 녀석이 있다.

운동장의 한가운데에 짧고 윤기가 자르르 흐르는 검은색 털을 가진 강아지, 아니지, 큰 개가 한 마리 있다. 날카로운 눈빛에 압도된다. 늘씬하게 쭉 뻗은 다리, 울룩불룩한 근육으로 균형 잡힌 몸통, 침대 밑보다 더 까만 코. 가끔씩 이빨을 드러내면서 가슴속 깊은 곳에서 울리는 으르렁거림은 작은 강아지의 하찮은 소리와는 결이 다르다.

이곳에서 가장 서열이 높은 개다. 여기에 있는 모든 강아지가 눈치를 보고 행동한다. 이런 개는 절대로 적으로 두어서는 안 된다. 내 편으로 만들어야 한다. 나는 가까이 다가가 몸을 바싹 낮추고 꼬리를 살랑살랑 흔들면서 "새로 왔습니다. 저는 나쁜 강아지가 아닙니다. 말썽부리지 않을게요. 말도 잘 들을게요. 잘 부탁드립니다"라는 메시지와 함께 그레이트 이글님 앞에서 했던 것처럼 귀여운 표정을 발사한다. 나의 초롱초롱한 눈을 다섯 번 정도 깜빡거린다. 아무런 반응이 없다. 어쨌든 나는 적군이 아니라 아군이라는 호감 표시를 했다. 강자에게 약하고 약자에게는 강한 똑똑한 강아지니까. 음? 이게 아닌가?

어정쩡 서 있던 나를 향해 "컹컹컹" 하고 크게 짖는 바람에 "깨갱" 하며 뒤로 물러났다. "놀랐잖아요!"라고 말하려다가 이글거리는 눈빛과 험상궂게 드러난 이빨을 보고는 바로 뒤돌아 도망쳤다.

누군가에게 무서운 저 개에 대해 물어보고 싶다. 수돗가 근처에서 혼자 쉬고 있는 강아지가 보인다. 아까 봤던 공원의 벤치마냥 허리가 길쭉한 강아지이다. 나이는 나와 비슷해 보인다. 내가 먼저 인사를 한다.

"안녕?"

"안녕, 신입!"

수돗가 강아지가 한심하다는 듯 쳐다보며 덧붙인다.

"제정신이야? 아무리 몰라도 그렇지. 좀 조심하지 않고."

"저 녀석은 이름이 뭐야?"

"녀석이라니. 입조심해. 이름은 쉐도우. 사냥개 출신이라는 말도 있고, 경비견으로 있다가 사고 쳐서 왔다는 말도 있고, 소문이 흉흉해. 어휴, 저 이빨 좀 봐. 한번 물렸다가는 뼈도 못 추릴…… 흠흠, 아무튼 조심해."

"내가 보기에는 그렇게 나빠 보이지 않는데. 착한 냄새가 나. 그리고 내 이빨도 만만치 않아."

"얘가 무슨 소리 하는 거야. 쉐도우님 이빨에 비하면 네 이빨은 순두부지."

"수, 순두부라니!"

"됐고. 여기 아무도 쉐도우님 근처에 안 가. 그래서 쉐도우님은 밥도 혼자 먹고 잠도 혼자 자. 다시 말하지만 조심하라고. 아까처럼 앞에서 알짱거렸다가는 저세상으로 가는 수가 있어."

"내가 그렇게 호락호락한 줄 알아?"

"너 자존심 하나는 최고구나."

"근데 넌 허리가 그렇게 길쭉한데 안 불편하니? 허리가 무슨 상수도관처럼 생겼어. 푸하하하."

"뭐라고? 네 축 처진 귀는 속 빠진 만두피냐? 이래 봬도 애

견미용대회 모델 출신이었다구. 이런 혈통도 없는 잡종견 같으니라고."

"야! 만두피 잡종견이라니! 나 혈통 있어!"

"뭔데?"

"서우르자브종!"

"뭐……?"

"서우르자브종!!! 동물원에서 일했던 인간이 알려 줬어!"

"우하하하, 그게 무슨 뜻인줄 알기나 해? 헛, 그만 조용하자. 쉐도우님이 쳐다보고 있어."

몇 분 후 상수도관 강아지가 조심하라고 했던 말을 잊고 쉐도우에게 간다. 여기 대장이라는 이유로 하루 종일 무게 잡고 앉아 있는 게 외로워 보였기 때문이다.

천천히 다가가 고무로 된 뼈다귀 장난감을 쉐도우 앞발 근처에 툭 떨어뜨린다. 그리고 같이 놀자는 표정으로 가만히 앉아서 기다린다. 아무 반응이 없다. 나랑 놀기 싫은가? 나처럼 똑똑한 강아지와 놀기 싫다니 왜지? 자기랑 종이 다르다고 인종 차별, 아니 견종 차별하는 건가? 은근히 자존심 상한다. 얼마나 싸움을 잘하기에 저리 무게를 잡고 있는 건지, 참 내. 두려움도 잊고 엉덩이 냄새를 슬쩍 맡은 뒤 내 자리로 돌아온다.

"왈왈왈!"

눈치 없는 웰시코기 한 마리가 나풀나풀 날아가는 나비를 쫓아가며 짖는다. 자존심 상한 나도 화풀이하듯 따라 짖는다.

한 마리가 짖으면 모두가 다 같이 짖는 재미도 있다. 누가 더 길게, 고음으로, 우렁차게 짖는지 경쟁이 붙기도 한다. 길게 짖다 보면 가끔씩 닭들의 울음소리와 비슷해질 때도 있다. 또 한 번 자존심이 상한다.

커다란 그릇에 로얄캐닌과 비슷한 밥이 가득 담겨 오면 다 같이 몰려들어 먹는다. 경쟁적으로 먹으니 은근히 승부욕도 생기고 재미도 있다. 나는 원래 교양 있게 먹는 편이지만, 여기서는 일단 고개를 쑤셔 박아야 한다. 교양 같은 것을 챙겼다가는 한 알도 못 먹는다. 문득 태어난 지 얼마 되지 않은 새끼 시절, 눈이 떠지지 않아 코와 입의 감각만으로 젖을 찾아 엄마 가슴팍에 얼굴을 파묻던 때가 어렴풋이 생각난다.

가끔 경쟁에 밀려 못 먹는 강아지가 있으면 인간이 따로 챙겨 주기도 한다. 나는 경쟁에서 밀린 적이 한 번도 없다. 덩치는 크지 않아도 재빠르고 영리해서 비집고 들어갈 만한 작은 틈도 놓치지 않는다.

그렇게 배부르게 먹고 나면 배에서 신호가 온다. 한 마리가 똥을 싸면 나머지 강아지들도 어느 구석으로 가서 볼일을 본다. 집보다 여기가 좋은 점은 바로 이거다. 나에게는 평평한 바닥이란 바닥은 전부 화장실인데 집에서는 하얀색 패드에만 용변을 봐야 하는 게 불편하다.

어렸을 때 용변을 패드 위에 얌전하게 보면 간식을 주어서 나도 모르게 그렇게 습관이 들어 버렸는데 이제는 그렇게 해도 간식을 주지 않는다. 인간들이 쓰는 말 중에 '작심삼일'이라는 말이 있다. 그것은 인간들의 습성을 아주 잘 표현한 단어라고 본다.

하루에 한두 번씩 패드를 새것으로 잘 갈아 주지만 어쩔 때는 안 갈아 줄 때도 있다. 그때는 합법적으로 패드가 아닌 다른 곳에 용변을 본다. 그 현장을 목격한 수주는 펄쩍펄쩍 신나게 뛰었지만 흘러나오는 감정에서는 놀람, 귀찮음, 미움이 느껴졌다.

시간이 지나면서 알게 된 것인데, 용변 패드는 나를 위한 게 아니라 수주 자기가 편하려고 깔아 두는 것이었다. 그래도 집으로 가고 싶다. 수주가 보고 싶다.

금세 똥 냄새가 잔디밭을 가득 메운다. 같은 밥을 먹어서 그런지 똥 냄새도 비슷하다. 그때쯤이면 인간 두 명이 들어와 싹 치운다.

청소를 끝낸 인간들은 한 마리씩 안고 쓰다듬어 준다. 나는 가장 귀염받는 강아지가 되고 싶다. 수주는 나만 귀여워해 주는데 여기서는 누구에게나 평등한 것 같다. 모두 똑같이 예뻐해 주는 느낌이 썩 좋지는 않다. 할아버지와 수주가 더 보고 싶어진다.

목이 마를 때 언제든지 마실 수 있는 물통도 있다. 같이 놀 수 있는 형아, 누나, 동생들도 있고, 먹을 것도 많다. 이곳은 생각보다 좋은 곳이다. 나는 여기서 나갈 수 있을까? 사실 빠져나갈 기회는 많다. 펜스가 있기는 하지만 인간들이 펜스를 열고 들어오는 틈을 타서 얼마든지 나갈 수 있다. 그런데 나가서 어디로 가야 할지 모른다. 저 펜스 밖에는 먹을 것도 없고, 따뜻하게 잘 곳도 없고, 의지할 수 있는 친구들도 없다는 걸 알고 있다.

무엇보다 꼬마의 엄마 말대로 여기 있는 게 수주를 만날 가능성이 높을 수도 있다. 그래…… 여기 있는 게 맞아. 안전하게 여기 있어야겠어.

킁킁. 짭짤한 냄새가 난다. 바다 냄새가 섞여 있긴 하지만 어디서 맡아 본 냄새인데……. 수주 냄새는 아니고, 할아버지 냄새도 아니다. 누구지? 분명히 얼마 전에 맡았던 냄새인데. 냄새의 근원지를 파악해 본다. 교양 없이 우르르 몰려다니는 동물들의 냄새가 섞여서 찾기 어렵다. 그만둬야겠다.

강아지들과 고양이들이 얼음 땡 비슷한 것을 한다. 역시 강아지들은 고양이들을 절대 잡을 수가 없다. 고양이가 술래일 때는 강아지들은 순식간에 얼음을 하고, 강아지가 술래일 때 고양이는 얼음을 할 필요도 없이 휘리릭 도망가 버린다.

쯧쯧. 강아지를 대표해서 내가 한번 뛰어 줘야 하나. 아니야. 며칠 동안 너무 달렸더니 다리가 쑤셔.

톡톡. 누군가 내 목덜미를 가볍게 친다.

"얘."

고개를 돌린다. 어? 너는……. 가까이 다가가 냄새를 맡는다. 킁킁. 루미의 냄새다. 루미가 맞다. 고양이 마을 스텔라냥 님의 딸. 나의 심장을 요동치게 했던 그녀다. 하얀색 털에 때가 타서 조금 꾀죄죄해 보이지만 루미가 맞다. 심장이 갑자기 두근거린다.

"루미……?"

"기억하는구나."

"네가…… 어떻게 여기에 있어?"

"바다거북이님에게 수영 배우러 갔다가…… 어쩌다 오게 됐어. 나도 놀랐어. 네가 여기 있을 줄이야."

루미가 말하는 도중에 인간 한 명이 루미를 번쩍 들어 올리더니 샤워실 쪽으로 데리고 간다. 어, 꿈인가? 루미가 왜 여기에…….

15분 뒤, 다이아몬드처럼 반짝거리는 생명체가 다가온다. 눈이 부셔서 바라볼 수 없을 정도로 아름답다는 게 이런 건가? 아까 전의 꼬질꼬질했던 모습은 온데간데없다. 따뜻한 바람으로 드라이까지 했는지 조명 빛 아래의 잡티 하나 없는 배우 느낌이 난다. 역시 인간은 머리발, 동물은 털발이다.

"너무 개운해. 요 며칠간 소금에 절인 배추 같았어."

"무슨 일이 있었던 거야?"

"우리 고양이 가족들이 다 함께 코랄터틀님에게 수영을 배우러 갔어. 수영 강습이 끝나고 하루에 한 시간만 볼 수 있는 섬에 데려가 주신다고 해서 두 언니와 나까지 셋이 코랄터틀 님을 타고 어떤 섬으로 가는 중이었는데, 돌고래가 옆으로 지나가지 뭐야. 순간 호기심에 힘껏 점프해서 돌고래 등에 올라타고 바다를 가로지르는 짜릿한 느낌을 즐기다 보니 코랄터틀님과 언니들이 보이지 않는 거야. 그래서 돌고래에게 어디로 가냐고 물었는데 호주로 간다며…… 나보고 언제 올라탔냐고…… 내가 너무 가벼워서 모르고 있었나 봐."

"호주라면 로토루의 고향인데…… 돌고래가 여기로 데려다 줬어?"

"아니. 멀리 낚싯배가 한 대 있어서 근처까지만 데려가 달라고 했지. 그 배에 겨우 올라탔는데 다행히 거기 있는 인간들이 생각보다 친절했어. 무서운 인간들이 나를 바닷속으로 던져 버리면 어쩌나 걱정했거든. 오히려 싱싱한 생선을 실컷 얻어먹었어. 배 위에서 하루 이틀 정도 지내다가, 인간들이 육지에 내릴 때 나도 내려 줬어. 그중 한 명이 방금 나를 여기에 데리고 왔고."

"너도 엄청난 모험을 했구나."

루미는 고혹적인 눈빛으로 정면을 응시하다가, 갑자기 어깨를 축 늘어뜨리더니 힘 빠진 음성으로 말한다.

"어쨌든 나는 다시 가족이 있는 곳으로 돌아가야 해. 네가 가족을 찾는 것처럼. 아빠와 언니들이 보고 싶어."

잠깐의 침묵이 이어진다. 저쪽에서 강아지들과 고양이들이 얼음땡 놀이를 하는 모습을 바라본다. 그들이 움직이는 방향대로 시선을 같이 따라 움직인다. 나는 어색한 조용함을 깨고 말한다.

"얼마 전에 너에 대한 꿈을 꿨어."

"무슨 꿈인데?"

"재판에서 고양이를 사랑했다는 죄로 실형을 선고받는 꿈."

"꿈은 무의식의 거울인데. 너 혹시 나 좋아했니?"

어차피 털 때문에 보이지는 않겠지만 혹시나 발그레해진 얼굴이 보일까 봐 바닥을 내려다본다.

"모르겠어. 그게 어떤 감정이었는지."

"호호호. 야, 강아지랑 고양이랑은…… 알지?"

"어, 알아. 안 된다는 거. 그런데 이건 내가 어떻게 할 수 있는 게 아니잖아."

"아빠가 늘 걱정하긴 했어. 고양이뿐만 아니라 다른 동물들도 나를 눈독 들인다고 늘 조심하라고 하셨거든."

"조심해야지. 루미 너는…… 아름다우니까…….

수줍은 듯한 플러팅. 이 정도면 자연스러웠겠지?

루미는 피식 웃는다.

"난 네가 인간 친구를 잘 찾아갔을 줄 알았는데, 이렇게 여기서 만나다니 놀랐어."

"내가 왜 잘 찾아갔을 거라 생각했는데?"

"너만큼 똑똑한 강아지도 잘 없거든. 다른 강아지들과는 달리 독립적인 것 같아 보이기도 했고."

"고마워. 그래도 여기까지 오는 동안의 경험은 잊지 못할 거야. 모든 순간이 특별했거든."

"궁금하네. 나중에 들려줘. 그나저나 이제 어쩌지? 여기 위치도 모르는데."

"방법이 있을 거야. 우린 똑똑하니까."

"너 자꾸 스스로 똑똑하다고 하는데 여기저기 냄새는 왜 맡고 다니는 거야?"

"인간들 세계에서는 '가는 말이 고와야 오는 말이 곱다'라는 말이 있지만 우리 강아지들 세계에서는 '오는 냄새가 고와야 가는 냄새가 곱다'라는 말이 있어."

"어설픈 인간들의 속담에 끼워 맞추기라니…… 유치하구나."

"나도 고양이들한테 이해 안 되는 게 있어. 먹여 주고 재워 주는 인간이 집에 들어오면 반가운 척이라도 해야 하는 거 아니야? 너희 고양이들은 정말 예의 없고 무례한 것 같아."

"호호호, 웃기다 애. 괜히 꼬리 흔들면서 오버하지 마. 간식 먹고 싶어서 그러는 거지? 좋아서 그러는 거 맞아?"

"아니거든! 반가워서 그러는 거라구! 물론 먹을 거 줄 때도 좋긴 하지만……."

"처음부터 인간을 대하는 사고 방식부터 바꿔야 해. 우리는 인간들이 집에 오든 말든 그 자리에 가만히 있어. 그러면 인간들이 우리 이름을 부르면서 찾으러 다녀. 애타게 만드는 거지. 캣타워 꼭대기에서 '뭐 하다 이제 왔냐' 하는 눈빛으로 쳐다보고 있으면 인간들이 너희 강아지들처럼 엉덩이를 흔들며 기뻐해."

"헐……."

"결국 누가 누구한테 얹혀사는지 까먹게 되지."

"세상에나……."

보호소 직원이 다가온다. 루미에게 두 손을 뻗더니 품에 조심스럽게 안아 든다. 하얀 벽을 배경으로 사진을 찍는다. 홈페이지에 사진을 올린다. 사진 밑에 자세한 설명을 달아 놓는다.

고양이 집사를 찾습니다.
조업 나간 어선에서 발견되었습니다. 전체적으로 관리가 잘 되어 있는 흰색 고양이고, 나이는 세 살 정도로 추정됩니다.

강아지 주인을 찾습니다.
○○산 아래 놀이터에서 처음 발견되었고, 발견한 어린이가 데리고 있었다고 합니다. 황금색 복슬복슬한 털을 가진 소형견입니다. 파란색 모자를 쓰고 있습니다. 길을 많이 헤맸는지 발바닥에 상처가 있습니다.

보호소 직원은 루미를 다시 나또 옆으로 데려다준다.

"갑자기 사진 찍는 거 있지? 허락도 없이."

"우리가 아무리 귀여워도 그렇지, 얘기도 안 하고 찍는다니까. 근데 사진은 왜 찍은 거지? 나도 찍었거든."

"아마도 우리가 여기 있다는 것을 알리려고 찍는 걸 거야. 그래야 우리를 찾으러 오지."

두어 시간쯤 흘렀을 때 봉사자가 다가오면서 활짝 웃는다. 루미와 나를 보며 두 손으로 하트를 만든다. 루미가 봉사자의 손 모양을 유심히 바라보며 묻는다.

"무슨 표시일까?"

"글쎄, 누가 우리를 데리러 왔다는 뜻인 것 같기도 하고……. 설마 수주와 할아버지?"

수주와 할아버지 생각에 갑자기 꼬리가 빙글빙글 돌아간다.

"그럼 나는, 파란 모자 청년?"

루미의 귀가 바짝 서고, 눈이 초롱초롱해지며 생기가 돈다.

우리는 봉사자를 따라간다.

킁킁. 할아버지와 수주의 냄새가 아니다. 기분 나쁜 냄새가 난다. 흔들리던 꼬리는 뒷다리 사이로 말려들었고, 귀는 뒤로 젖혀졌다. 하품을 크게 한 번 한다. 졸려서 나오는 하품이 아니다.

"그게 무슨 말씀이세요?

어떻게 된 건지 어디로 가신 건지 정도는 알고 싶어요."

"그동안 잘 참아 왔다, 수주야.

많이 궁금했을 텐데."

택시는 신호등 하나 없는 4차선 도로를 무난한 속도로 달린다.

할아버지의 고백

하늘 위를 배회하던 독수리는 멀리 날아갔다. 할아버지는 수주를 일으켜 세운다.

"수주야, 나또는 괜찮을 거야."

"……."

"우리 좋은 쪽으로 생각하자."

"네, 할아버지."

수주는 힘없이 대답한다. 두 사람은 차로 돌아간다. 주워 온 나무와 돌을 바퀴와 진흙 사이에 단단히 고정시키고 시동을 건다.

부르릉. 털털털. 엔진이 힘차게 작동하는 듯하다가 맥없이 꺼진다. 기름이 없다는 알람이 깜빡거린다.

"이런, 기름도 없네."

할아버지는 당황한 손놀림으로 시동 버튼을 몇 번 더 눌러

보지만 시동은 걸리지 않는다.

"수주야, 혹시 핸드폰 연결됐니?"

통신 데이터가 연결될 기미도 보이지 않던 이 숲속에서 아슬아슬하게 연결이 된다. 지도가 천천히 화면에 나타난다. 남쪽으로 가면 마을이 나온다. 확대해 본다. 직사각형의 학교 운동장이 가장 먼저 보이고, 작은 주택들, 주유소, 펫숍, 반찬 가게가 있다.

"지도에 있는 주유소까지 걸어가서 기름을 채워 와야겠어. 이게 평지라면 금방 갈 수 있을 것 같은데 등산로가 없는 길이어서 힘들겠구나."

수주는 만일을 대비하여 편의점에서 사 온 삼각김밥과 두유가 든 봉지를 챙긴다. 할아버지는 차에서 내려 핸드폰 속 지도를 보며 남쪽을 확인한다.

마을 쪽으로 향한다. 사람의 흔적을 찾아보기 힘들다. 사실 길이라고 할 수도 없다. 걸어서 갈 수 있는 여건이 되는 곳이 길이다. 나무뿌리가 여기저기 튀어나와 있고, 미끄러운 낙엽과 흙 때문에 빨리 갈 수가 없다. 할아버지는 바닥에 떨어져 있는 길쭉한 나무의 잔가지를 쳐낸다.

"수주야, 지팡이로 쓰거라."

"고마워요. 할아버지."

수주의 머릿속에는 나또 생각뿐이다.

"나또는 독수리에 잡혔을까요? 아니면 우리가 가는 이 길을 먼저 갔을까요? 아직 산 위에 있을까요?"

수주는 혼잣말하듯 할아버지에게 묻는다.

"나또는 살아 있을 거야. 똑똑한 강아지니까."

할아버지와 수주는 넘어지지 않게 조심하며 한 걸음씩 내려
간다. 흙 밟는 소리와 나뭇잎 흔들리는 소리, 가끔 부는 바람
소리만 들릴 뿐이다. 짧은 시간 동안 많이 내린 비에 길이 질
퍽하게 젖어 천천히 갈 수밖에 없다. 출구가 보이지 않아 가도
가도 끝이 없는 미로처럼 느껴진다. 핸드폰 연결도 끊겼다.

"쉬었다 가자, 수주야."

바위에 걸터앉아 두유와 삼각김밥을 먹는다.

"여기로 가는 게 맞는 걸까요?"

"맞을 거야. 해가 저쪽으로 지고 있으니……."

"벌써 어두워지고 있어요."

"조금 더 가다가 잘 만한 곳이 있으면 눈 좀 붙였다가 새벽
에 출발하자꾸나."

춥고 깜깜한 산속에서 또 밤을 보내야 한다는 까마득함도 잠
시, 허기졌던 배가 든든해지자 미안함과 죄책감이 밀려온다.
어디에선가 지금 나또는 배고파하고 있을 텐데 나만 이렇게
잘 챙겨 먹고 있다니…… 내가 차 안에서 퍼질러 자지만 않았
더라면 나또를 잃어버리지 않았을 텐데…….

한 시간 정도 걷다 보니 해가 완전히 내려앉았다. 할아버지와 수주는 바위를 등지고 비교적 평평한 곳에 자리를 잡는다. 어렴풋이 보이던 햇빛도 사라진다. 도시에서는 해가 이 정도 떨어지면 가로등과 상점에 불이 하나씩 들어오고 아파트의 거실 조명이 드문드문 켜진다. 그래서인지 어둠이라는 단어를 모르고 지냈던 것 같다. 오늘의 하늘 위에는 차가운 달빛만이 우두커니 떠 있다.

수주는 오들오들 떨며 쪼그려 앉아 팔로 다리를 감싼다. 어제 잤던 자동차 뒷좌석은 여기에 비하면 특급 호텔에서 누리는 호사였던 것이다.

휘이이이이이이잉.

다시 날카로운 바람이 분다. 바람 부는 소리, 나뭇가지 흔들리는 소리가 나다가 갑자기 귀에 귀마개를 낀 것 같은 적막이 흐른다. 뭔가 튀어나올 것 같은 부스럭부스럭 소리가 난다. 할아버지는 수주가 무섭지 않도록 고요한 침묵을 깨고 말한다.

"할머니와 데이트할 때 이런 산의 둘레길을 자주 걸었는데……."

수주는 할머니라는 말에 무릎 사이에 파묻고 있던 고개를 든다. 할아버지는 정면을 응시하며 말을 이어간다.

"네 할머니는 한국에 처음 온 나에게 행운 같은 사람이었어. 부모님을 찾는 동안 한국어를 가르쳐 주고, 한국 문화를 가르쳐 주고, 그리고 조건 없는 사랑이 무엇인지 알려 주었단다.”

“할머니는 어떻게 만나셨어요?”

“비행기 승무원이었어. 한국으로 들어오는 비행기에서 만났지.”

“와, 그 얘긴 처음 듣네요.”

“런던에서 서울행 비행기로 갈아탔는데, 네 할머니가 국적기의 승무원이었어. 할머니가 카트를 밀면서 옆을 지나가던 중에 기체가 심하게 흔들리는 바람에 오렌지 주스가 담긴 컵들이 나에게 전부 쏟아졌지 뭐냐.”

“그게 첫 만남이었군요.”

“덴마크 양부모님은 부유하셨고, 내가 한국에 가서도 안정적으로 생활할 수 있도록 도와주셨지. 덕분에 서울 한복판에 있는 호텔에서 며칠 묵다가 어느 날, 호텔 1층에 있는 카페에서 우연히 할머니를 봤단다. 누군가를 기다리는 듯 앉아 있었어. 나는 단번에 알아볼 수 있었지.”

“그래서 어떻게 하셨어요?”

“무조건 말을 걸어야겠다고 생각했어. 당시 나는 한국말을 못 하고 덴마크어와 영어만 할 줄 알았거든. 그래도 용기를 냈지.”

그때의 기쁨과 설렘을 떠올린 듯 할아버지는 잠시 말을 멈췄다가 다시 이야기를 계속한다.

“다행히 할머니가 내 인사를 받아 줬어. 날 기억하는 데 시간은 좀 걸렸지만 말이야. 그렇게 잠시 이야기를 나누던 중에 어떤 남자가 다가왔고, 나는 자리를 비켜 줬단다."

"저런."

"그다음 날, 할머니는 그 카페에 같은 시간, 같은 자리에 앉아 있었어. 나는 또 다가갔지. 할머니는 환한 미소로 나를 맞이해 줬어. 우리는 그렇게 가까워졌고, 부모님을 찾는 데 함께 애를 써 줬지."

"그래서…… 찾으셨어요?"

"아니, 당시에는 출생 기록이나 입양 기록이 남아 있지 않았어. 그래도 괜찮았단다. 부모님은 찾지 못했지만 평생 사랑할 배우자를 찾았으니까. 나는 단지 생물학적 부모님이 어떤 분인지 궁금했을 뿐이야. 진짜 부모님은 덴마크에 계신 부모님이니까. 정말 아낌없이 나를 사랑해 주셨거든."

"네……."

"할머니는 네 아빠를 낳고 승무원 일을 다시 시작했어. 그런데 네 아빠가 일곱 살이 되던 해에 서울에서 출발한 비행기가 리비아의 트리폴리 공항에 착륙을 시도하던 중 추락한 사건이 있었는데…… 거기에……."

"세상에……."

"제발 그 비행기에 타지 않았기를 그렇게 기도했는데……. 신을 믿지 않던 내가 처음으로 신의 존재를 바랐던 순간이었지."

할아버지는 한숨을 푹 내쉰다. 눈에 보이지 않는 진한 입김이 퍼져 나가다가 흩어진다.

"할머니와 자주 듣던 노래가 있었단다. 옛날 대학가요제 곡인데 지금도 들을 때마다 네 할머니 생각이 나."

"아…… 그 노래……."

대화는 그렇게 끝나고 다시 침묵이 흐른다. 피곤했던 두 사람은 불편하지만 잠이 든다.

몸속을 파고드는 추위에 눈을 뜬 수주는 어제 해가 저물었던 반대편 쪽에서 빛이 퍼져 나오는 것을 보고 안도감을 느낀다. 한겨울이 아님에도 산속 새벽 공기는 맨살에 얼음물을 뿌리듯 아리다. 고개를 살짝 돌렸더니 할아버지의 카디건이 수주의 어깨에서 흘러내려 축축한 나뭇잎 위로 툭 떨어진다. 옆에서는 할아버지가 몸을 웅크린 채 자고 있다.

"할아버지, 아침이에요."

대답이 없다.

"할아버지……."

이상하다. 움직임이 없다. 순간 불길한 생각이 스쳐 지나간다. 다시 할아버지를 부를 자신이 없다. 대답이 없을 것 같기 때문이다. 온기가 없을 것 같기 때문이다. 그래도 용기를 내어 할아버지의 어깨를 잡고 흔든다.

"할아버지……. 할아버지……!"

할아버지는 천천히 고개를 들며 대답한다.

"어……. 아침이구나."

"아휴, 놀랐잖아요."

"며칠간 제대로 못 잤더니 곯아떨어졌나 보네. 아주 푹 잤어. 쿨럭쿨럭."

수주와 할아버지는 자리에서 일어나 다시 무거운 발걸음을 옮긴다. 걷고 또 걷는다. 수주의 머릿속에는 어딘가 있을 나또와 어제 할아버지가 해 주셨던 할머니 이야기가 번갈아 생각이 난다. 한참을 걷다 보니 산의 경사가 완만해진다.

사람들이 지나 다닌 흔적이 보이는 길이 나타난다. 그 길을 따라 내려간다. 계단은 없지만 걷기 편하게 다져진 길이라 한결 수월하다. 나무와 나무 사이로 산 아래쪽에 집들이 한두 채씩 보인다.

산에서 나오자마자 길 건너에 바로 놀이터가 있다. 주유소는 좀 더 가야 한다. 할아버지는 지금까지 내려왔던 이 길을 기름통을 들고 다시 올라갈 수 있을지 걱정이다.

놀이터에서 한 꼬마 아이가 장난감 삽으로 모래 바닥에 우주 왕복선을 큼직하게 그리고 있다.

"할아버지, 혹시 모르니 저 아이에게 물어볼까요?"

"물어보자꾸나."

수주는 꼬마에게 다가가서 한쪽 무릎을 꿇고 앉아 핸드폰

화면 속의 사진을 보여 준다. 부드러운 목소리로 묻는다.

"안녕, 꼬마야. 혹시 이런 강아지 못 봤니?"

"어? 강아지님……."

수주는 꼬마가 아는 듯한 눈빛을 하자, 불안으로 가득했던 가슴속 응어리가 쑥 빠져나간다. 안도의 한숨을 크게 내쉰 후 침착하게 다시 물어 본다.

"이 강아지를 봤니?"

"혹시 강아지님이 찾고 있다던 그분들……?"

"응? 이 강아지가 우리를 찾고 있다고 했어?"

꼬마는 고개를 푹 숙이며 끄덕인다. 수주와 할아버지는 서로를 마주본다. 파란 모자 청년이 나또와 대화를 했다는 게 사실이었단 말인가?

"강아지님을…… 멀리 있는 보호소로…… 보냈어요."

힘 없는 목소리로 대답한다.

"꼬마야, 괜찮아."

꼬마는 주머니에 있는 꼬깃꼬깃한 종이를 꺼내 편다. 보호소 주소가 나와 있다.

수주는 핸드폰으로 주소를 검색해 본다. 화면 상단에는 반가운 5G가 떠 있고, 안테나 막대기들도 꽉 차 있다. 현재 위치에서 차로 한 시간 정도 떨어진 거리다. 우리에게는 차가 없다. 산속에 두고 왔다.

다행히도 대중교통으로 가는 방법이 있다. 버스를 두 번 갈

아타야 한다. 예상 시간 세 시간이다. 너무 오래 걸린다. 택시를 타고 가기로 한다.

할아버지는 꼬마의 어깨를 토닥인다.

"꼬마야, 이 강아지하고 얼마나 같이 있었니?"

"하룻밤이요. 제 방에서 잤어요."

"보살펴 줘서 고마워. 할아버지가 이 누나랑 찾으러 가면 돼. 괜찮아."

꼬마가 울음이라도 터뜨릴 것 같은 표정으로 할아버지를 쳐다본다.

"할아버지, 누나, 강아지님 만나면 전해 주세요. 제가 만든 놀이터에서 엉망진창 놀자고요."

"그래, 강아지와 함께 꼭 놀러 오마."

할아버지는 미소를 지으며 꼬마의 머리를 쓰다듬는다.

택시를 탄다. 수주는 나또가 살아 있음에 한결 마음이 편해진다. 반대로 할아버지는 다른 생각에 잠겨 있는 듯하다. 몇 분이 지났을 무렵 조심스럽게 입을 연다.

"아까 그 꼬마……. 네 아빠 어렸을 때를 보는 것 같더구나."

"아빠요……?"

할아버지는 꼬마가 준 쪽지를 바라보며 말한다.

"응, 너는 아빠에 대한 기억이 없겠지만 어린 네 아빠 모습이 잠시 생각났었어. 할머니 장례식이 끝난 다음 날, 네 아빠는 나에게 쪽지를 보여 주면서 하늘에 있는 엄마에게 꼭 주고 싶다며…… 하늘나라에는 어떻게 갈 수 있는지 물어봤었단다."

"그 쪽지에는…… 무슨 내용이 적혀 있었나요?"

"금방 구하러 갈 테니 기다려 달라고…… 그리고 보고 싶다고, 사랑한다고……."

수주는 할까 말까 고민하다가 물어 본다.

"아빠, 엄마는…… 돌아가신 거죠? 이제 말해 주실 때가 된 것 같아요. 저도 성인이잖아요."

수주는 부모님의 존재와 행방에 대해 어느 정도 눈치는 채고 있었지만 할아버지가 직접 말해 줄 때를 기다리고 있었다. 자식을 잃은 부모의 기분이 어떨지 가늠조차 되지 않았기 때문이다.

"세상을 떠났는지 아닌지는…… 확신할 수 없어. 그래서 말을 못 해 주고 있었던 거란다."

"그게 무슨 말씀이세요? 어떻게 된 건지 어디로 가신 건지 정도는 알고 싶어요."

"그동안 잘 참아 왔다, 수주야. 많이 궁금했을 텐데."

택시는 신호등 하나 없는 4차선 도로를 무난한 속도로 달린다.

"네 엄마와 아빠는 ATS라는 회사에서 같이 근무했었단다."

"제가 아는 그…… ATS요?"

"그래. 지금으로부터 20년 전이야. 네가 태어난 지 1년이 되는 날, 둘은 우주탐사팀에 뽑혔어."

"그럼 엄마 아빠가…… 우주…… 그곳에……?"

"못 돌아온 건지 안 돌아온 건지는 알 수 없단다. 연락이 끊겼거든."

택시 기사는 손님들의 개인적인 이야기가 들리자 배려 차원에서 라디오 볼륨을 올린다.

"왜…… 엄마 아빠 둘 다 가신 거죠……?"

"엄마는 우주공학 박사였고, 아빠는 천체지질학 학자였어. ATS 내에서도 가장 인정받는 두 사람이었지. 그때만 해도 석유와 가스를 대체할 만한 에너지원을 찾기 위한 연구가 활발했고, 세계 석학들이 모여 내 놓은 결과가 우주 에너지원을 끌어다 쓰는 거였거든."

"그 연구를 위해…… 엄마 아빠가……."

"그래……."

"갔는데 연락이 끊겼고……."

"응."

"지금까지 연락이 안 되는 거구요."

"항공우주국과 연락을 주고받았던 처음 3년간 네 엄마 아빠가 보내 온 정보는 실로 엄청났어. 대체 에너지를 찾기 위해 갔지만 더 대단한 발견을 했지. 우주의 특정 공간에서의 24시간이 지구에서는 1년일 수도 있는 상대성 이론을 입증했거든. 위험한 행성에 도달해야만 하는 임무이기도 했는데 그것을 여러 번 시도하고 성공시킨 결단력과 용기는 사람들의 박수를 받았지. 대한민국 과학 역사상 가장 뛰어난 업적을 남겼기에 많은 이들에게 아직까지 존경을 받고 있단다. 연락이 두절되고 나서 다들 우주 미아가 되어 세상을 떠났다고들 하지만 나는 믿어. 아직 네 엄마와 아빠는 살아 있을 거라고. 연락이 끊긴 지 벌써 17년이 지났구나."

"가끔 학술지나 뉴스에서 보던…… 그 우주인 부부가…… 엄마와 아빠……."

"어린 네가 상처받을까 봐 말해 주지 못하고 있던 거란다."

"우리 집에는 왜 가족사진이 하나도 없을까 이상했어요. 할아버지의 배려였군요."

할아버지는 택시 뒷좌석 창문에 팔꿈치를 걸치고 손으로 머리를 괴며 밖을 바라본다.

"너에게는 디자인 영감을 받기 위해 이사를 다닌다고 했지만 실은…… 한 곳에 있다 보면 그곳에 적응하게 되고, 적응하게 되면 자꾸 아내, 아들, 며느리 생각이 나. 그래서 이 도시, 저 도시를 돌아다닐 수 밖에 없었어. 나 때문에 수주 네가 고생하는구나. 이 할아버지가 미안해."

라디오에서 진행자의 부드러운 목소리가 나온다.

"사연자분이 신청곡을 적어 주셨는데요. 힘들 때나 슬플 때 그리고 즐거울 때도 이 노래를 들으신다고 합니다. 유명한 노래죠. 1980년 대학가요제 은상을 차지했던 샤프의 '연극이 끝난 후' 입니다. 저는 이 노래를 들을 때마다 시대를 초월했다는 느낌을 지울 수가 없는데요. 여러분들도 잠시나마 연극이 끝난 무대 위에 있다는 상상을 하면서 감상을 해 보시면 좋을 것 같습니다."

연극이 끝나고 난 뒤
혼자서 객석에 남아
조명이 꺼진 무대를
본 적이 있나요

음악소리도
분주히 돌아가던 세트도
이젠 다 멈춘 채
무대 위엔
정적만이 남아있죠
어둠만이 흐르고 있죠

배우는 무대 옷을 입고
노래하며 춤추고
불빛은 배우를 따라서
바삐 돌아가지만
끝나면 모두들 떠나버리고
무대 위엔
정적만이 남아있죠
고독만이 흐르고 있죠

강아지들의 삶에는 잘 풀릴 것 같은 순간에

위기가 찾아온다는 법칙이 존재하는 게 아닌가,

하는 생각이 들었다.

이상한 사람

　수주가 아니다. 할아버지도 아니다. 파란 모자 청년도 아니다. 전혀 모르는 낯선 사람이다. 킁킁. 냄새가 안 좋다. 음흉한 냄새다. 좋은 인간에게서 나는 냄새가 아니다. 이 사람이 아니라고 짖는다.

　철컥. 얼굴에 수염이 가득하고 험상궂게 생긴 남자가 철로 된 이동형 케이지를 열더니 나와 루미를 한꺼번에 가둔다. 집사인 척, 견주인 척하고 우리를 데리고 가는 저 사람은 누구지?

　검은색 코끼리에 실린다. 봉고차다. 뒷 창문을 통해 보호소 펜스 너머로 쉐도우님이 보인다. 이쪽을 뚫어져라 쳐다보고 있다. 아까는 나에게 눈길 한 번 안 주더니…… 왜지? 봉고차의 속도가 올라갈수록 점점 멀어진다. 어디론가 이동한다. 겨우 여기까지 왔는데, 알 수 없는 곳으로 간다. 두려움이 커지기 시작한다.

차 안의 냄새를 맡아 본다. 수십 마리의 개와 고양이 냄새가 난다. 여기저기 털 뭉치가 굴러다닌다. 심지어 핏자국도 있다.

대체 어디로 가는 거지? 무슨 일이 벌어지고 있는 거지? 등줄기가 서늘해지며 목과 등 사이에 있는 털들이 일어선다. 불길하다.

급가속과 급정거 때문인지 자꾸만 흐트러지는 중심을 잡기 위해 다리에 힘을 주고 발바닥을 바닥에 밀착시킨다. 강아지들의 삶에는 잘 풀릴 것 같은 순간에 위기가 찾아온다는 법칙이 존재하는 게 아닌가, 하는 생각이 들었다.

"루미, 우리 어디 가는 걸까?"

"글쎄, 나도 모르겠어. 그래도 너랑 같이 있어서 다행이다."

"응, 나도."

"예전에 집고양이로 살다가 쫓겨났을 때가 생각나."

"왜 쫓겨난 거야?"

"나랑 같이 살던 여자 인간과 남자 인간 집에 아기 인간이 태어났거든. 어리니까 돌봐 주기도 하고 그럭저럭 사이좋게 잘 지냈어. 그런데 어느 날 아기 인간이 갑자기 내 꼬리를 콱 잡은 거야. 깜짝 놀라서 앞발을 휘둘렀는데, 그만 발톱으로 아기 인간의 얼굴을 할퀴고 말았지."

"헉, 저런."

"인간들도 놀랐나 봐. 며칠 뒤에 우리 가족을 케이지에 넣고는 집에서 멀리 떨어진 인적 드문 곳에 두고 사라져 버렸어.

아빠는 우리를 다독이면서 정착할 만한 곳을 찾아다니셨지. 싸움을 거는 놈들은 전부 때려눕히면서 말이야. 그래서 우리가 거기에 있게 된 거야."

"스텔라냥님은 참 대단하신 분이다."

봉고차가 멈추더니 트렁크 문이 열린다. 커다란 간판이 보인다.

월드 펫숍

흔히 볼 수 있는 삼각형 지붕에 목조로 지어진 아담한 집이다. 펫숍 내부의 유리 칸막이 안에는 십여 마리의 강아지와 고양이가 있다.

루미와 나는 서로 다른 유리 칸에 갇힌다. 나는 창가 쪽, 루미는 안쪽. 이 유리 칸은 한 발짝만 가면 코를 벽에 꽁 박을 정도로 작다. 쭉 뻗고 누우면 앞발과 뒷발이 양쪽 유리 벽에 닿는다. 뭐야, 이렇게 좁은 곳에 하루 종일 있으라는 거야? 이건 명백한 인권 침해, 아니 견권 침해다.

수염이 가득한 털북숭이 인간 쪽으로 코를 돌리고, 냄새를 맡아 본다. 다른 강아지들 냄새가 워낙 강해서 인간의 냄새가 구분되지 않는다. 집중해 본다. 하나씩 하나씩 구별하고 걸러 내고……. 아, 잡았다! 아까 그 기분 나쁜 냄새. 아직도 그 냄새를 풍기고 있다. 나를 어떻게 할 작정인지 걱정이 되기 시작한다.

결국 와 버린 곳이 여기라니. 파란 모자 인간, 스텔라냥님, 코랄터틀님, 하루루님, 그레이트 이글님, 오스틴 비버님, 로토루, 놀이터 꼬마까지……. 수주를 찾을 수 있도록 도와준 모두의 얼굴이 떠올랐다.

나는 똑똑한 강아지가 아니었나? 수주를 만나지 못하면 어쩌지? 수주를 찾을 수 있다는 믿음이 뿌옇게 흐려진다. 힘없이 주저앉는다.

찹찹찹찹. 소리 나는 쪽으로 고개를 돌린다. 옆 칸에서 아기 강아지가 물을 마시고 있다. 아장아장 걷는 것이 귀엽다. 할아버지가 좋아하는 알감자 같다. 가끔씩 꿈에서 보이는 태어난 지 얼마 되지 않았던 내 형제자매들과 비슷하다.

"아기 강아지야, 안녕."

"안녕하세요."

"여기 얼마나 있었어?"

"잘 모르겠어요. 저는 계속 잠만 잤어요."

"그렇지. 아기들은 잠을 많이 자지……."

딱히 할 말이 없다. 세대 차이가 격하게 느껴진다. 여기는 태어난 지 얼마 안 된 아기 강아지들이 대부분인데 왜 나를 여기로 데려온 거지?

털북숭이 인간이 시끄럽게 전화 통화를 하며 나에게 가까이 온다. 강아지들이 깽깽 짖어서 더 시끄럽다.

"주인인 척했더니 보호소 직원이 쉽게 믿더라. 이렇게 똥개스러운 개가 있어야 다른 개들이 더 귀여워 보인다니까. 으하하. 다 내 전략 아니겠어? 걱정 말라고. 그리고 엄청 예쁜 고양이도 하나 데리고 왔어. 아, 세 번째 투견 도박장 건은 순조롭게 진행 중이지? 만나서 얘기해. 끊는다."

"으르르르르르."

오랜만에 이빨을 드러낸다. 저 나쁜 사람. 콱 물고 싶다.

나를 사랑해 주는 수주와 할아버지가 보고 싶다. 수주의 살냄새가 그립다. 오르락내리락하는 할아버지의 배 위가 그립다. 이제 이 좁은 방에서 평생 갇혀 있는 게 나의 운명인가? 나갈 방법이 없을까?

그러고 보니 루미는 뭘 하고 있지? 유리 벽 위로 발을 올리고 몸을 세워 루미가 어디 있는지 찾는다. 루미는 유리를 발톱으로 긁고 있다. 역시 가만히 있을 루미가 아니지.

그 옆의 다른 고양이들은 거만한 자세와 표정으로 새로 들어온 루미를 쳐다보고 있다. 유리문을 앞발로 밀어 본다. 꿈쩍하지 않는다. 밖에서만 열 수 있는 구조다.

털북숭이 인간이 고양이들과 강아지들에게 밥을 주기 시작한다. 옳지! 밥 주려고 문을 여는 순간 뛰쳐나가면 되겠다! 그런데 밥의 양이 너무 적다. 저걸 먹고 어떻게 살라는 거지?

털북숭이는 노래하듯이 흥얼거린다.

"나는 너희들 똥 치우는 사람이 아니란다. 적게 먹고 조금만 자라렴. 그래야 비싸게 팔 수 있지. 흐흐흐."

한 칸씩 한 칸씩 지나서 이쪽으로 온다.

이 인간은 대체 어떤 인간이지? 산책하면서 기분 나쁜 인간을 안 만나 본 것은 아니지만, 이렇게 사악한 느낌을 주는 인간은 처음이다. 온몸의 털이 일어선다. 목구멍 깊은 곳에서 올라오는 분노의 감정을 꿀꺽 삼킨다.

옆 칸 아가에게 밥을 주고, 이제 내 차례다. 문이 열린다. 이때다! 뒷다리에 힘을 꽉 주고 문틈 사이로 돌진한다.

"어딜 가려고, 이 녀석."

털북숭이 인간에게 목덜미를 잡혔다.

으르르르르르.

"어쭈. 이빨 보이면 어쩔 거야? 물 거야? 어디 물 수 있으면 물어 봐. 넌 도주 우려가 있으니 오늘부터 특별 감시 대상으로 선정하겠어. 크크."

본능적으로 입술을 치켜올려 이빨을 내밀고 노골적으로 적개심을 표출한다. 장채린을 향해 전력 질주하던 때의 느낌이 되살아난다. 온몸에 찌릿찌릿한 전기가 흐른다. 통제가 안 될 것 같다. 감정 제어가 불가능함을 느끼는 순간 고개를 최대한 돌려 모든 힘을 턱으로 집중한 뒤, 이 못된 인간의 손을 물어 버린다.

"악!"

피 맛이 느껴진다. 털북숭이 인간은 고통스러워하며 나를 유리 칸막이 구석에 집어 던지고 문을 닫는다. 동물 보호소의 착한 인간들을 속이고, 나와 루미를 여기로 납치한 것에 대한 복수다. 그리고 또 뭐? 투견 도박장? 그 순간 어릴 때 형제자매들이 그런 곳으로 끌려간 게 아닌가 하는 생각이 든다.

저 멀리서 루미가 나를 보고 씩 웃고 있다. 나는 발톱을 '척' 하고 치켜세운다.

그렇게 하루가 지나고 나니, 털북숭이 인간을 문 것이 실수였음을 깨닫는다. 밥도 안 주고 물도 안 준다. 목이 타들어 간다. 서 있을 힘이 없다. 물을 달라고 짖을 힘조차 없다. 누워서 눈동자만 굴려 가며 옆방 아기 강아지와 루미를 번갈아 바라본다.

오늘 오전 어떤 여자 인간이 루미를 데려가려 했다. 루미는 공격적인 태도를 취했다. 일부러 그런 것 같다. 여자 인간은 루미가 예쁘지만 무섭다며 다른 고양이를 데려갔다. 다행이다.

시간이 지날수록 머리가 멍해진다. 생각할 힘도 없다. 앞이 흐려진다. 눈을 감는다.

그렇게 몇 분, 몇 시간이 흘렀을까? 눈부신 햇빛에 눈이 살짝 떠진다. 창밖에 익숙한 얼굴이 나를 바라보고 있다. 누구지? 어디서 본 얼굴인데…….

아무것도 먹지를 못해 기억력도 전 같지 않다. 분명히 아는 얼굴인데…… 누굴까……. 다시 눈이 감긴다.

똑똑. 아까 그 사람이 창문을 두드린다. 벌름벌름. 옅긴 하지만 어린 인간의 냄새가 난다. 꼬리를 흔들고 싶은데 움직여지지 않는다. 멀리서 털북숭이가 어린 인간을 발견하고 밖으로 나가서 소리친다.

"야, 꼬마! 창문 두드리지 마!"

"아저씨, 이 강아지 얼마예요?"

"어떤 거?"

"여기 누워 있는 강아지요."

"큰 거? 음…… 80만 원."

"네, 알겠습니다. 다시 올게요."

"안 올 거잖아! 다 알아! 너 같은 놈들이 한둘인 줄 알아?"

꼬마? 맞아, 이 냄새는…… 놀이터…… 꼬마다. 하루를 엉망진창으로 보내는 게 소원이라고 했던…… 엄마와 저녁밥을 같이 먹고 싶어 했던…… 우주 왕복선을 만들 거라던…… 그래, 이제 기억나. 숨을 겨우 이어갈 정도의 호흡만 하고 있다. 꼬마의 냄새가 흐릿해지면서 더 이상 아무것도 생각나지 않는다.

"느낌이 안 좋아서 따라와 봤어요."

"나또를 아시나요?"

"나에게 처음으로 먼저 손을 내밀어 주었어요.

작게나마 고마움의 표시를 하고 싶었을 뿐입니다."

털북숭이와 가죽재킷

"다 왔습니다."

택시 기사가 조용한 목소리로 알려 준다. 미터기에는 65,400원이라고 찍혀 있다.

'유기 동물 보호소'라고 귀여운 글씨체로 쓰여 있는 간판이 보인다. 단독주택보다는 약간 크고 한쪽에 넓은 잔디밭이 있는 아담한 건물이다.

할아버지와 수주는 빠른 발걸음으로 보호소 입구 계단을 오른다. 벨을 누른다. 딩동딩동.

"드디어 나또를 만나다니…… 할아버지, 저 너무 떨려요."

보호소 직원들은 말없이 인사를 하고, 글씨가 적힌 종이를 보여 준다.

"어떻게 오셨어요?"

수주는 청각장애인인 것을 알아채고 빠른 글씨로 종이에 적는다.

"이 강아지를 찾으러 왔습니다."

보호소 직원에게 핸드폰에 있는 나또 사진을 보여 준다. 사진을 확인한 직원은 당황스러운 표정으로 눈을 여러 번 깜빡이며 글을 적는다.

"어떤 사람이 자기가 강아지 주인이라면서 데려갔어요."

수주와 할아버지는 놀란 얼굴로 서로 마주 본다. 보호소 직원이 재빨리 다음 질문을 적는다.

"혹시…… 이 강아지 진짜 주인이세요?"

"네."

할아버지는 펜을 들고 적는다.

"데려간 사람 인적 사항을 알 수 있나요?"

직원은 장부를 펼치더니 이름과 전화번호를 가리킨다.

"이상필, 010-0000-0000."

수주는 바로 핸드폰 번호를 누른다.

"지금 거신 번호는 없는 번호이오니……."

"아, 큰일이네……."

할아버지는 종이에 적어 내려간다.

"인상착의나 차 번호는 기억나세요?"

"수염이 많이 나 있었고, 인상은 좀 험했고, 차 번호는 기억 안 나요."

"혹시 주차장에 CCTV 있나요?"

직원은 고개를 가로저은 뒤 종이에 쓴다.

"진짜 주인인 것처럼 행세했어요. 제가 더 확인했어야 했어요. 죄송해요."

"아니에요. 작정하고 속이려고 한 사람을 어떻게 알겠어요."

"그 사람이 고양이 한 마리도 같이 데리고 갔어요. 정말 죄송해요. 꼭 찾으시면 좋겠어요."

수주와 할아버지는 보호소 밖으로 나온다. 안쪽 잔디밭에서 뛰어노는 강아지들과 고양이들을 바라본다. 저기서 나또가 놀고 있었을 텐데……. 해가 뉘엿뉘엿 넘어가면서 하늘은 불그스름한 빛으로 채워진다.

나또와 헤어진 후 강아지들을 보고 싶은 마음에 집 근처에 있는 펫숍에 다녀온 꼬마는 근심이 생겼다. 축 늘어져 있던 강아지는 아무리 봐도 보호소에 맡기고 온 그 강아지였다. 왜 거기에 있는 걸까. 강아지를 데려오려면 80만 원이 필요한데. 80만 원이면 '0'이 몇 개지? 하나, 둘, 셋, 넷, 다섯……. 너무 큰돈이다. 하루 종일 꼬마의 머릿속에는 80만 원이라는 돈과 힘없이 쓰러져 있던 강아지 모습뿐이다. 80만 원이라는 큰 돈을 부모님께 달라고 할 수도 없고……. 어떡하지. 조금만 더 데리고 있었어도 할아버지와 누나 품에 안겨 줄 수 있었는데…….

연락처도 모른다. 전화번호를 받아 둘 걸. 아니야, 지나간 일을 자꾸 후회하지 말자. 방법을 찾자. 방법을.

꼬마는 그네에 앉아 천천히 왔다 갔다 하며 강아지를 어떻게 구할지 생각한다. 갑자기 엄마 말씀이 생각난다.

'하루만 같이 있어도 정이 들어서 주인에게 보낼 때 마음이 아플 거야.'

엄마 말이 맞았나 보다. 하루 잠깐 같이 있었을 뿐인데 왜 이렇게 마음이 아프지? 그때 어디선가 마시멜로처럼 뽀얀 고양이 두 마리가 다가와 말을 건다.

"안녕, 꼬마야. 혹시 털은 하얗고 발바닥은 핑크색이고 얼굴은 눈부시도록 예쁜 고양이 봤니? 우리 동생이란다."

"아니요. 못 봤어요. 요즘 따라 제가 놀이터에 있으면 친구 행방을 물어보는 경우가 많네요."

"우리 말고 또 있었구나."

"네. 처음에는 부산으로 간 친구를 찾는 강아지님을 만났고, 얼마 뒤에는 어떤 할아버지와 누나가 저에게 그 강아지님의 행방을 물었어요."

"강아지? 혹시 옅은 갈색에 귀가 축 처진 귀여운 강아지 맞아?"

"네! 맞아요. 어떻게 아세요?"

"그 강아지가 우리 집에서 하룻밤 자고 갔거든. 부산에 있는 친구를 찾으러 간다고 했었어. 우리에게 수영을 가르쳐 주시는 거북이님의 도움을 받아 울산까지 갔다고 들었는데. 우리처럼 산을 넘어 이 놀이터에 와서 너를 만났나 보구나."

"네. 우리 집에서도 자고 갔어요. 너무 좋았는데……."

꼬마는 입이 삐죽 나온다.

코랄터틀은 없어진 루미를 찾기 위해 동해 바다를 찾아 헤매다가 우연히 들른 해안가에서 루미로 추정되는 고양이의 털과 발자국을 발견했다. 로미와 라미는 코랄터틀에게 소식을 전해 듣고 산을 넘어 여기까지 오게 되었다고 했다.

"부산에는 우리 아빠 친구들이 많이 있거든. 루미를 찾는데 그분들이 도와줄 수 있을 거라고 했어. 꼬마야, 혹시 길거리 고양이들이 주로 돌아다니는 곳을 아니?"

"음, 학교 뒤쪽에도 있고 이 근처 놀이터에도 가끔 보여요."

"학교 뒤쪽에 가 봐야겠다. 고마워, 꼬마야."

"잠깐만요. 저 하나만 도와줄 수 있어요? 그 강아지님이 납치된 것 같거든요. 고양이님들은 머리도 좋고 날렵하잖아요. 저랑 같이 구하러 가주세요."

"납치? 거기가 어디야?"

"5분만 가면 돼요."

로미와 라미는 서로를 마주 보고 고개를 끄덕인다. 그리고 우아하게 몸을 세우며 씩씩하게 말한다.

"좋아, 앞장서. 우리가 도와줄게."

"고양이님들, 고맙습니다."

"일단 주변을 탐색하러 가자."

펫숍에 도착한다. 셋은 아무렇지 않게 펫숍을 쓱 지나간다.

얼굴은 정면을 응시하고, 눈동자만 한쪽으로 돌린다. 창가 쪽
아기 강아지들 옆에 있는 성견 한 마리가 숨을 헐떡거리며 누
워 있다. 로미가 심상치 않은 표정으로 라미에게 말한다.

"딱 보니 어떤 강아지인지 알겠군."

"응, 상태가 안 좋아 보여. 그런데 안쪽에 봤어? 고양이들
도 있어."

"유리가 빛에 반사되어서 잘 안 보였는데…… 가게 안으로
들어가 볼까?"

듣고 있던 꼬마가 두 고양이를 말린다.

"그건 안 돼요. 위험해요. 저 털북숭이는 좋은 사람이 아니
에요!"

"그러니까 작전을 잘 짜야지. 로미랑 내가 시선을 끌고, 너
는 그사이에 강아지가 갇혀 있는 문을 여는 거야. 별로 어렵지
않겠는데?"

로미와 라미는 다시 가게 앞으로 가서 살펴본다. 문과 창문
은 굳게 닫혀 있다. 들어갈 틈이 보이지 않는다. 가게 유리에
얼굴을 딱 대고 안을 유심히 바라본다.

로미와 라미의 눈동자가 점점 커진다. 하얗게 빛나는 털. 좋
아하는 이에게는 한없이 펴 주지만, 싫어하는 이에게는 사나
운 눈빛. 집에서는 얌전하지만 밖에만 나가면 말괄량이가 되
는 모습. 루미다. 루미가 확실하다. 흥분한 로미가 뛰어 들어
가려 하자 라미가 말린다.

"기다려, 로미. 침착해야 해. 우리가 찾는 루미가 저 안에 있어. 어쩌면 더 잘된 일이야. 꼬마가 구하려는 강아지와 루미를 동시에 구하는 거야."

흥분이 가라앉지 않은 로미는 등을 구부리고 꼬리를 치켜올린다. 털을 빳빳하게 세우고 몽실한 발에서 날카로운 발톱을 꺼낸다.

"로미야. 저 털북숭이 인간은 꼬마 말대로 쉽지 않은 상대지만 우리는 해낼 수 있어. 꼬마야, 이리 와 봐."

거리를 두고 상황을 살피던 꼬마가 로미와 라미에게 달려온다.

"무슨 일이에요?"

"우리가 찾던 동생이 저 안에 있어."

"네? 동생이요?"

옆에 있던 로미가 발톱을 집어넣고 말한다.

"우리 작전을 잘 짜 보자. 방금은 내가 너무 흥분했어."

"그래, 침착하자. 침착하지만 행동은 빠르게 해야 해. 저 강아지 좀 봐. 눈에 초점도 없고 숨도 겨우 쉬는 것 같아. 시간이 없어. 꼬마야, 넌 여기서 기다리고 있어."

라미와 로미는 대화를 짧게 마치고 가게 뒤쪽을 살피러 간다.

창문이 조금이라도 열려 있거나 환기구가 막혀 있지 않다면 안으로 얼마든지 들어갈 수 있다. 고양이 액체설은 그냥 있는 말이 아니다.

라미와 로미는 그동안 연습한 무반동 수직 점프와 살금살금 걷기 기술을 활용한다. 하지만 창문은 약간의 틈도 없이 굳게 닫혀 있다. 보통 뒤에 있는 쪽문은 살짝 열려 있는데 여기는 꽉 닫혀 있다. 이런.

라미와 로미는 다시 꼬마에게 간다.

"꼬마야, 여기는 몰래 들어갈 방법이 없는 것 같아. 정면 돌파해야 해."

그때 오토바이 한 대가 멈춰 선다. 배달 오토바이다. 뒤쪽 트렁크에는 '공복주의'라고 쓰여 있다. 아무래도 털북숭이가 음식을 배달시킨 것 같다.

문을 연 털북숭이가 배달원에게 음식이 든 봉투를 받아 든다. 가게 앞에 있는 고양이 두 마리를 쳐다본다.

"어? 예쁜 고양이가 두 마리나 있네? 먹을 거 줄게. 이리 와 봐."

성질 사나운 로미가 발톱을 내밀자 라미는 로미에게 지금은 때가 아니라는 신호를 보낸다. 털북숭이가 가까이 다가오려 하자 라미와 로미는 재빨리 흩어진다.

잠시 후, 다시 모인 두 고양이와 꼬마는 머리를 맞대고 계획을 짠다. 라미가 침착하게 설명한다.

"저 털북숭이는 손님이 오거나 배달 음식을 받을 때만 문을 여는 것 같아. 꼬마야, 네가 손님인 척하고 문을 두드려. 털북숭이가 문을 열면 우리가 그 틈에 들어간다."

"들어가면요?"

"루미와 강아지를 구출하는 거지."

로미가 이어서 말한다.

"우리가 들어가는 걸 보면 털북숭이도 우리를 쫓아 다시 들어갈 거야. 이때 너는 문이 꽉 닫히지 않게 잽싸게 돌 같은 걸 괴어 놓도록 해. 우리가 루미를 구출한 뒤에 털북숭이 다리 사이를 통과해서 밖으로 빠져나오면 털북숭이도 우리를 쫓아 밖으로 나오겠지? 그때 네가 안으로 들어가서 강아지를 데리고 나와. 그리고 꼬마야, 혹시라도 털북숭이가 해코지할 것 같으면 일단 뒤도 돌아보지 말고 도망쳐. 알았지?"

두 고양이는 다시 눈빛을 날카롭게 벼리며 작전을 개시한다.

"자, 준비. 저 문이 열리는 즉시 들어가는 거야. 꼬마, 무서워할 필요 없어."

"네."

"간다!"

탕탕탕. 꼬마는 침을 꿀꺽 크게 삼키고 용기를 내어 문을 두드리며 소리친다.

"저 80만 원 가지고 왔어요! 문 열어 주세요."

"오호, 저 꼬맹이가 어디서 80만 원을 구해 왔담? 이렇게 또 공짜로 돈을 버는구나. 룰루루."

털북숭이가 문을 열자마자 라미와 로미는 안으로 후다닥 들어간다.

"뭐야! 이 고양이들은!"

털북숭이가 놀라서 소리치며 문손잡이를 놓고 고양이들을 쫓아서 들어온다. 꼬마는 미리 준비해 놓은 돌로 문이 닫히지 않게 한다.

미끄러지듯 들어간 라미는 루미가 있는 칸막이 문을 열고, 로미는 강아지가 있는 칸막이 문을 연다.

"루미야! 나와!"

"언니들! 여기는 어떻게?"

"나중에 설명해 줄게. 빨리 나가자!"

루미, 로미, 라미 세 자매는 문 쪽으로 뛰어간다. 하지만 몇 발짝 떼기도 전에 털북숭이와 마주친다. 손에는 촘촘한 그물이 들려 있다.

"들어올 때는 마음대로였겠지만 나갈 때는 아니란다. 흐흐흐."

세 자매는 즉시 발톱을 꺼내어 싸울 자세를 취한다.

"어쭈? 나를 공격하려고? 내가 너희 같은 고양이들을 얼마나 많이 상대해 온 줄 알아? 어디, 공격해 봐."

삼각편대를 형성해 동시에 공격한다.

"초음속 냥냥펀치!"

"회전 회오리 냥냥펀치!"

"불쏘시개 냥냥펀치!"

총 여섯 개의 앞발이 털북숭이를 찌르고 할퀴고 때린다.

"으악! 뭐야, 이 녀석들! 저리 가!"

털북숭이는 예상 밖의 거친 공격에 당황했지만 들고 있던 그물을 능숙하게 펼쳐서 한 바퀴 휙 돌리더니 라미와 루미를 포획한다.

셋 중에서 가장 날렵한 로미는 가까스로 피해 그물을 잡고 있는 털북숭이의 손을 향해 돌진한다. 털북숭이는 팔을 세차게 휘두르며 로미의 공격을 저지하고는 동물들을 괴롭힐 때 쓰는 몽둥이를 잡고서 때릴 자세를 취한다. 그의 팔에 맞아 나가떨어진 로미는 다시 허리를 잔뜩 구부린 채 이빨을 드러낸다. 하아악!

"불구 되기 싫으면 말로 할 때 이 그물 안으로 들어오렴. 자, 어서."

털북숭이는 로미를 몽둥이로 위협하며 그물로 포획한다.

"잡았다!"

세 자매가 갇힌 그물을 꽉 묶는다. 그리고 태연하게 반쯤 먹다 만 배달 음식을 다시 먹는다.

"알아서 걸어 들어와 줘서 고마워. 너희를 얼마에 팔아 볼까? 오늘 식사는 유난히 더 맛있는데."

세 자매는 발톱과 이빨로 그물을 뜯으려 한다. 털북숭이는 볼이 미어 터지도록 밥을 넣고 씹다가 고양이들을 바라보면서 밥풀을 튀겨 가며 말한다.

"아무리 그래 봐야 소용없어. 아프리카악어가 물어도 끊어지지 않는 소재의 튼튼한 그물이거든."

털북숭이는 창고에서 감옥처럼 생긴 사각 철장을 가지고 오더니 그물에 얽혀 있는 고양이 세 자매를 가둔다.

"감히 네까짓 것들이 나를 공격해? 조금 있으면 저기 산에 있는 나무들을 싹 다 밀어 버리고 개들끼리 서로 물고 뜯는 공간을 만들려는 내 친구들이 올 거야. 그런데 그 친구들의 취미가 고양이를 괴롭히는 거라나 뭐라나. 너희들 어떡하니? 아주 기대해도 좋아."

부르릉. 시끄럽게 땅을 울리는 소리가 들린다. 펫숍 앞에 가죽 부츠에 가죽재킷을 입은 세 명의 남자가 미국 텍사스에서나 볼 법한 커다란 오토바이에서 내려 헬멧을 벗는다.

"귀여운 고양이를 세 마리나 잡아 뒀대."

"으하하하. 재밌겠는걸?"

"전부 암컷인데 성격이 사납다고 했어."

"더 재밌겠네. 사나워야 괴롭힐 맛이 나지. 얌전한 것들은 시시해."

털북숭이는 문을 열며 친구들을 맞이한다.

"어이, 친구들 왔어?"

"너 얼굴에 이 상처는 뭐야?"

"상처? 이런, 아까 저 녀석들이 달려드는 바람에……."

"발톱에 긁혔구만. 예전 실력 다 어디 간 거야? 그 고양이들은 안에 있어?"

가죽재킷 남자 세 명 중 한 명이 펫숍 안으로 들어가 세 자매가 들어 있는 철장을 끌고 나온다.

"아이고, 아주 예쁘게 생겼네. 그런데 말이야, 너희들 혼 좀 나야겠다. 감히 인간에게 대들어?"

털북숭이는 몽둥이를 가져다 가죽재킷에게 전해 준다. 몽둥이를 받아 든 가죽재킷은 몽둥이를 휙휙 돌리더니 세 자매가 들어 있는 철장을 강하게 내리친다.

쾅!

안에 있던 세 자매는 놀라 몸을 바짝 움츠린다.

"왜 무서워? 이제 열어 줄게. 나도 한번 공격해 봐. 어디 해 보라고!"

가죽재킷은 철장 문을 열고 여전히 그물 안에서 꼼짝도 못하는 세 자매를 꺼낸다. 이대로 몽둥이에 맞으면 죽을 수도 있다. 가죽재킷은 기분 나쁜 미소를 지으며 몽둥이를 더 크게 돌린다.

"자, 이제 파티를 즐겨 볼까? 안 그래도 요즘 공이 잘 안 맞아서 근질근질했는데 너희들을 저 멀리 날려 버려야겠다. 이 얄미운 고양이들! 맛 좀 봐라!"

가죽재킷이 몽둥이를 위로 쳐들었다가, 팔을 쭉 뻗어 내리치려고 한 순간.

두두두두두두.

어디선가 달려오는 소리가 들린다. 털북숭이와 가죽재킷 인간들이 소리친다.

"뭐야, 저건!"

"고, 고양이?"

"몇 마리야? 하나, 둘, 셋, 넷, 다섯……."

"삼십 마리는 될 것 같은데!"

누르스름한 고양이, 거무스름한 고양이, 누리끼리한 고양이, 희끄무레한 고양이, 알록달록한 고양이 등등 길에서 볼 수 있는 모든 고양이가 총출동한 것 같다. 그중에서도 한가운데 당당히 자리를 잡고 달려오는 하얗고 육중한 대장 고양이. 스텔라냥이다.

"우리 고양이들을 괴롭히고 못살게 구는 인간들이 누군가 했더니 너희들이었구나. 이제 벌을 받을 차례다. 준비됐나!"

"냥!"

"벽지 뜯어 버리듯이! 소파 긁어 버리듯이! 할퀴러 가자! 저기 있는 인간들을 향해 돌격!"

수십 마리의 고양이들은 인도를 점령하고 뾰족한 발톱과 이빨을 드러내며 털북숭이와 그의 친구들에게 달려간다.

가죽재킷을 입은 뚱뚱이가 소리친다.

"어디 한번 해 보자, 이 더러운 털뭉치들아!"

가죽재킷 인간들은 오토바이에 있던 헬멧을 급하게 쓰고, 몽둥이를 공중에 휘두르며, 달려오는 고양이들과의 전투를 준비한다. 고양이들은 사정 없이 물기, 할퀴기, 냥냥펀치 공격을 퍼붓는다. 인간들은 팔을 휘저어 보지만 속수무책이다. 위기감을 느낀 털북숭이가 소화기를 가져와 고양이들에게 분사한다.

쏴아아아아아아. 하얀 가루가 세차게 분사된다. 고양이들의 입과 코에 들어간다. 고양이들은 기침을 하며 한 발짝 물러선다. 짙은 안개가 낀 것처럼 시야가 뿌옇게 흐려지자 고양이들의 움직임이 둔해진다.

털북숭이와 가죽재킷들은 후퇴하는 고양이들을 쫓아가 발로 차고 손에 들고 있던 몽둥이로 때린다. 산전수전 다 겪은 스텔라냥도 처음 경험하는 소화기 분말 가루에 정신을 못 차리고 후퇴 명령을 내린다.

"일단 대기! 대기! 컥컥."

그사이 가죽재킷들은 기다란 장대 끝에 그물이 달린 포획용 장비를 가져온다.

"한 마리씩 잡아서 가둬!"

한 번에 한두 마리씩 빠르게 잡아 포획용 그물에 가둔다. 나머지 고양이들은 꼬리를 곧게 세운 채 하악질을 해대며 이빨과 발톱을 내세운다. 하지만 더 이상 저들에게 다가가면 잡힐 것을 알고 있다. 인간들과 고양이들 사이에 팽팽한 긴장감이 흐른다.

크르르르르르.

"무슨 소리 못 들었어?"

"소리? 무슨 소리? 빨리 저 고양이들이나 잡아!"

크르르르르르. 어딘가 깊은 곳에서 울리는 경고의 소리다. 하얀 소화기 분말이 가라앉을 때쯤 서서히 검은 실루엣이 드러난다. 단단한 몸통, 윤기 흐르는 짧은 털, 날카로운 눈빛, 범상치 않은 기운. 쉐도우다.

쉐도우는 도베르만핀셔 종으로 특수부대에서 활약하던 군견이었다. 그러다 동고동락하던 훈련 장교가 불의의 사고로 세상을 떠나면서 쉐도우는 큰 충격을 받았다. 훈련사의 묘지 주위를 떠나지 못하고 배회했고, 우울증 증상까지 더해져 더이상 군견으로 활약하지 못하고 전역하게 된 것이었다.

가죽재킷 뚱뚱이가 그물이 달린 장대를 휘두르자 쉐도우는 민첩하게 피한다. 털북숭이가 소화기를 들어 분사한다. 쉐도우는 그 가루를 뚫고 털북숭이의 오른쪽 아킬레스건을 정확히 문다.

"아아악!"

털북숭이는 소리를 지르며 자리에 주저앉는다. 가죽재킷 인간들은 쉐도우를 떼어 내려 하지만 특수훈련을 받은 쉐도우는 한 번 문 것은 절대 놓지 않는다. 도저히 떨어지지 않자 털북숭이가 소화기로 쉐도우를 내려친다. 쉐도우는 고통을 참는다. 여러 작전을 수행하면서 이것보다 더한 고통도 견뎌 왔다.

그사이 분말 가루를 털어 낸 고양이들이 펫숍 안으로 뛰어들어간다. 테이블을 뒤엎고, 물건들을 다 떨어뜨리고, 전선을 물어뜯는다. 강아지들과 고양이들이 갇혀 있는 유리칸의 문을 하나씩 연다. 어서 빠져나가야 해.

화르르르륵.

뜨거운 열기와 함께 위협적인 화염 소리가 휘몰아친다. 물어뜯은 전선들이 합선되었는지 근처에 있는 종이와 수건들에 불이 옮겨붙는다. 불은 순식간에 퍼져 소파, 테이블, 커튼에까지 번진다. 검은 연기와 탁한 회색 연기가 뒤섞여 안을 가득 채운다. 불길이 점점 더 거세진다. 아직 빠져나오지 못한 고양이들과 강아지들의 눈에는 공포와 혼란이 어린다.

쉐도우에게 물려 있던 털북숭이는 불길을 보자 소리를 지른다.

"뭐야! 불이잖아! 으아, 어떡해! 불이야! 불이야!"

불길은 더욱 솟구치고 나무로 만들어진 천장에까지 옮겨붙는다. 타닥타닥. 불과 불꽃이 뒤섞인다. 선반이 타면서 물건들이 와르르 바닥으로 떨어진다.

끼익. 삐거덕. 끼이이익.

어느새 까맣게 변한 천장이 조금씩 내려앉는다. 아, 안 되겠어. 마음이 조급해진 꼬마는 축 늘어져 있는 나또를 구출하기 위해 입을 막고 불길 사이로 뛰어든다. 나또를 품 안에 안는다. 그 순간 뜨거운 열기에 약해진 창문이 와장창 깨지면서 조명이 떨어지고 벽이 쓰러진다. 갇혀 버렸다. 밖으로 나갈 수 없을 것 같다. 아, 엄마…… 아빠…… 무서워요.…… 보고 싶어요. 아슬아슬하게 버티고 있던 지붕마저 무너져 내린다. 그 순간.

휘이이이이익. 촤아악.

갑자기 시야가 어두워진다. 길고 넓직한 검은 천막이 머리 위를 덮는다.

"빨리 밖으로 나가!"

천장에서 울려 퍼지는 웅장한 목소리. 그레이트 이글이다! 그의 지시에 고양이와 강아지들은 정신없이 밖으로 뛰어나간다. 꼬마도 나또를 안고 달린다.

"모두 나간 거지? 이제 접는다. 앗, 뜨거워!"

날개를 접자마자 날개 위에 쌓여 있던 것들이 와르르 소리를 내며 바닥으로 떨어진다.

"다들 괜찮나? 이 몸을 인간 세계까지 내려오게 하다니. 고양이와 강아지들이란 정말 손이 많이 가는군."

그사이 경찰차가 도착했고, 유기 동물 보호소 직원들도 같이 와 있다. 몇몇 강아지와 고양이들은 어디로 급하게 가는 듯이 뿔뿔이 흩어진다.

세 자매는 스텔라냥을 발견하고 우르르 달려간다.

"아빠!"

"라미, 로미, 루미! 괜찮니? 다친 데는 없고?"

"네, 우린 괜찮아요. 어떻게 오셨어요? 이 많은 고양이님들은 어디서 오신 거예요?"

"너희들만 보낸 게 걱정돼서 아빠가 뒤따라왔다. 여기 있는 고양이들은 아빠 어릴 적 친구들이야. 안 그래도 길냥이들을 못살게 구는 인간들이 있다고 해서 혼내 주려던 참이었대."

짧은 머리에 팔뚝이 두꺼운 경찰은 수갑을 꺼내 털북숭이와 일행들의 손목을 채운다. 털북숭이는 강하게 저항한다.

"내가 무슨 잘못을 했다고 이래! 당장 풀어, 이거! 엉!"

"당신들을 동물 보호법 위반으로 체포합니다."

그동안 불법적이고 잔인한 방법으로 동물들을 학대해 온 인간들은 경찰의 손에 질질 끌려간다.

훌쩍훌쩍. 한쪽 구석에서 꼬마가 나또를 품에 안고 있다. 얼굴과 몸 여기저기에 까만 그을음과 재가 묻은 채 잔기침을 하지만, 그래도 괜찮은 것 같다. 하지만 눈에는 눈물이 그렁그렁하다.

"강아지님, 죽으면 안 돼요. 살아야 해요. 우리 같이 엉망진창 놀기로 약속했잖아요!"

나또는 동물병원으로 급히 옮겨진다. 꼬마는 울면서 따라가려고 하지만 어른들이 제지한다. 꼬마의 상태를 확인한 후 함께 인간 병원으로 향한다.

소방관들에 의해 화재는 진압되었다. 잠시 시끄러웠던 마을이 다시 조용해졌다. 스텔라냥은 쉐도우에게 다가간다.

"감사합니다. 도와주셔서."

"그 인간이 몰고 왔던 봉고차에서…… 많은 개들의 피 냄새가 짙게 났어요. 느낌이 안 좋아서 따라왔습니다."

"그랬군요. 나또를…… 아시나요?"

"나에게 처음으로 먼저 손을 내밀어 주었어요. 작게나마 고마움의 표시를 하고 싶었을 뿐입니다."

그레이트 이글은 어느새 산 쪽으로 날아가고 있다.

문득 내 견생의 의미가 무엇인지 떠오른다.

내 견생의 가치가 무엇인지 떠오른다.

내 견생의 꿈이 무엇인지 떠오른다.

내 견생의 모든 것이 무엇인지 떠오른다.

저예요, 저!

긴 잠을 잔 것 같다. 너무 오래 잠들어 있었는지 눈이 잘 떠지지 않는다. 태어나자마자 남매들과 뒤섞여 눈을 뜨지도 못한 채 엄마 젖을 찾던 순간이 떠오른다. 눈앞에서 뭔가 왔다 갔다 한다. 희미하게 보이는 건 머리카락이 어깨까지 내려오는 여자 인간의 윤곽이다.

수주인가? 벌름벌름. 냄새를 맡아 본다. 수주는 아니다. 여기는 어디지? 가끔 목에 따끔한 것을 맞으러 갈 때 맡았던 그곳과 비슷한 냄새다. 몸을 동그랗게 말고 싶은데 움직일 힘이 없다. 또 졸음이 몰려온다.

다시 잠이 들었다가 일어났다. 아까보다 숨도 편하게 쉬어진다. 눈을 뜬다. 흰색 옷을 입은 여자 인간이 나를 이리저리 자세히 살펴본다. 내가 건강한지 확인하는 것 같다. 그러고는 방긋 웃는다. 느낌으로는 건강해진 것 같다.

네 다리에 힘이 전달된다. 꼬리의 움직임도 느껴진다. 시야도 또렷해진다. 둔감했던 후각도 원래대로 돌아온다. 약품 냄새도 나고 여러 강아지, 고양이 냄새가 난다. 수주랑 가끔 오던 그곳이 맞다.

여기는 아픈 동물들이 오는 곳인데, 내가 아파서 여기 있는 걸까? 나는 이제 어디로 가게 되는 건지 궁금해진다. 수주와 더 멀어진 건 아닌지 걱정이 된다. 원하는 것을 이루기 위해 노력하더라도 원하지 않는 방향으로 흘러가는 게 견생 법칙일지도 모른다.

쿵쿵, 쿵쿵. 이것은! 희미하게 수주와 할아버지의 냄새가 코끝을 스친다. 할아버지의 가구 냄새, 수주의 살냄새, 약품 냄새와 다른 강아지들의 냄새 속에 흐릿하게 섞여 있지만 가구 색칠할 때 쓰는 페인트 냄새가 감지된다. 냄새가 나는 쪽으로 고개를 최대한 뺀고 코를 들어올려 냄새에 집중해 본다. 할아버지의 냄새인 것은 확실하다.

그러나 수주와 할아버지는 없다. 너무 보고 싶은 마음에 생긴 환각 증상인가?

엎드려 있던 나는 앉아 자세를 취하고 주변을 둘러본다. 목에 깔때기를 하고 있는 강아지, 낮잠 자고 있는 아기 강아지, 내가 왜 여기 있어야 하는지 모르겠다는 표정의 고양이, 소파에는 근심 가득한 표정의 인간들.

그러고 보니 루미! 루미는 어디 갔지? 루미의 냄새는 나지 않는다. 정신을 잃었을 때 여러 고양이들 소리가 어렴풋이 들렸었다. 제발 털북숭이에게서 탈출했기를…….

아기 캥거루 로토루 생각이 난다. 엄마 하루루님을 잘 만났을까?

파란 모자를 쓰고 댐을 부수고 있던 오스틴 비버님. 내가 더 도와드렸어야 했는데.

코랄터틀님의 아기들은 알을 깨고 무사히 나왔을까? 그때 먹었던 라이프베리 생각에 침이 꼴깍 넘어간다. 그 섬 이름이 뭐였더라. 세렌…… 세렌디피티였던 것 같다.

그레이트 이글님에게 매달려 하늘을 날기도 했었지. 기분 진짜 좋았는데. 다시 만나면 또 하늘 구경시켜 달라고 해야지.

보호소에서 만난 상수도관처럼 허리 길쭉한 강아지도 지금 생각해 보면 친절했어.

무섭지만 외로워 보였던 쉐도우님. 봉고차에 실려 가던 나를 왜 끝까지 바라본 걸까?

그동안의 일들이 빠르게 머릿속을 지나간다. 창밖을 본다. 해가 비스듬한 각도로 들어온다. 콧구멍을 실룩거리며 공기를 폐 속으로 깊숙이 빨아들인다. 약품 냄새, 강아지와 고양이 냄새. 그 사이에 감지되는 숲속의 풀 냄새, 아주 미세하게나마 전해지는 보호소 냄새.

그리고…… 그리고…… 좀 전에 맡았던 가구 냄새와 수주의 살냄새가 난다. 설마?

창문 너머 멀리서 인간 두 명이 달려오는 것이 보인다. 수주와 할아버지였으면 좋겠다. 흐릿했던 냄새가 조금씩 진해진다. 이 냄새는……? 꼬리 프로펠러가 떨어져 나가듯 발동하기 시작한다. 꼬리의 움직임이 너무 강한 나머지 엉덩이도 씰룩씰룩 흔들린다. 의젓하게 엉덩이를 붙이고 있고 싶지만 나도 모르게 제자리를 빙빙 돌게 된다. 짖다가 돌다가 짖다가 돌다가 보니 목구멍 깊은 곳에서부터 낑낑거리는 소리가 새어 나온다. 펄쩍펄쩍 뛴다. 넓적한 귀의 펄럭거림이 느껴진다. 흘러나오는 기쁨의 눈물을 애써 참아 본다.

"왈왈왈왈!"

문이 열린다. 수주의 냄새가 콧속으로 쑥 들어온다.

"나또야!"

그녀가 팔을 쭉 뻗는다. 나는 뒷다리에 힘을 팍 주고 점프해서 그녀의 가슴에 올라탄다. 서로의 목에 얼굴을 파묻는다. 수주의 손길과 숨결이 몸을 감싸자 눈물이 계곡물처럼 줄줄 흐른다. 고개를 이리저리 돌려가며 비빈다. 수주다. 드디어 수주를 만났다. 쿵쾅거리는 가슴속에서 꽃 폭탄이 터진다.

나의 촉촉한 코가 수주의 뺨에 닿는다. 수주는 나를 한 번 바라보더니 다시 힘껏 껴안는다. 사랑이 가득 담겨 있음이 느껴진다.

수주의 뺨을 부드럽게 핥는다. 그 뺨에는 수주의 눈에서 나온 따스한 액체의 맛이 난다. 그 액체를 닦아 주기 위해, 나의 사랑을 표현하기 위해 수주의 볼을 사정없이 핥아 준다. 강아지들만의 방식으로.

문득 내 견생의 의미가 무엇인지 떠오른다.

내 견생의 가치가 무엇인지 떠오른다.

내 견생의 꿈이 무엇인지 떠오른다.

내 견생의 모든 것이 무엇인지 떠오른다.

그것은 바로 수주를 사랑하는 것.

이것이 나라는 생명체의 존재 이유이자 전부라는 확신이 선다.

수주는 두 손으로 내 얼굴을 포근하게 에워싼다.

"나또, 어디 갔었어! 얼마나 보고 싶었는 줄 알아? 얼마나 걱정했다고! 으아앙!"

"미안해. 내가 잘못했어."

"많이 힘들었지?"

"조금 무섭고 힘들었어. 하지만 아주 조금이야."

앗! 너무 반가운 마음에 인간어를 해 버렸다!

"응? 나또, 방금 뭐라고 했어? 다시 말해 봐. 내가…… 잘못 들은 거 아니지?"

이런, 이렇게 들통나 버리는 건가. 이왕 이렇게 된 거 어쩔 수 없지.

"보.고.싶.었.어!"

"……할아버지 ……들으셨죠? 나또가…… 말을 했어

요……."

"어…… 어…… 들었어……."

"음…… 그러니까 우리가 다시 만났는데, 사람이 아닌 강아지가 말을 했고, 그리고…… 아…… 머리야."

아무도 말을 잇지 못한다. 찰나의 정적이 흐른다.

"어쩐지…… 나또, 너 내 말 다 알아듣는 것 같더라니. 왜 이제야 말하니? 흥!"

"놀래 주려고 그랬지. 헤헤."

"뭐라고? 이 녀석. 나 놀리는 게 그렇게 재밌니? 아무럼 어때. 이렇게 다시 만나게 되어서 너무 다행이야."

그녀에게서 기쁨, 사랑, 안도감 같은 여러 감정이 뒤섞인 복잡하면서도 좋은 냄새가 전해진다. 그녀는 흐르는 눈물을 멈추고 활짝 웃는다. 그리웠다. 저 초승달같이 예쁘게 올라간 입꼬리.

할아버지는 수주와 나또가 서로 꼭 안고 있는 모습을 바라본다. 할아버지의 눈가에도 물기가 맺혀 있다. 북받치는 감정을 애써 참고 있음을 알 수 있다. 감정을 억누르는 할아버지를 보며 한 번 짖었다. 왈! 우리 같이 안고 사랑의 기쁨을 나눠도 된다고.

인간과 강아지, 종은 달라도 마음은 하나라는 것을 알았다. 인간과 강아지, 같이 살면 안 되는 이유는 백만 개 있을 수 있지만 같이 살아야 할 단 한 가지 이유가 백만 개 이유보다 더 중요하다. 서로 지켜 주고, 의지하고, 어떤 누구보다 사랑한다는 것. 그 이유만으로 우리는 우리를 '가족'이라고 부른다.

나는 너의 세상에 살고, 너는 나의 세상에 산다.

'나또'라는 소리에 꼬리가 흔들린다.

물어보고 싶어졌다.

당연하다고 생각한 내 이름의 의미를.

내 이름은 나또

　내가 가족들과 대화를 할 수 있다는 사실이 밝혀진 뒤에도 우리 생활에 크게 달라진 것은 없다. 늘 그래왔듯이 인간은 시간이 조금만 지나면 기억이 흐려지는 망각의 동물이자 적응의 동물인지라 금방 익숙해졌다.

　수주에게 들었다. 할아버지, 수주, 그리고 나. 우리 셋에게는 공통점이 하나 있단다. 엄마, 아빠에 대한 기억이 없다는 점이다. 하지만 우리는 우연히 가족이 되었고, 함께 우리의 삶을 공유하고 있다. 그렇게 우리 가족은 서로의 상처를 보듬어 주고, 서로의 감정을 이해하고, 서로를 사랑하며 살아간다.

　오늘도 수주의 살냄새를 맡으며 잠이 든다. 수주의 다리에 몇 번 부딪쳤지만 아프지 않다. 어두웠던 창밖은 밝아졌다. 잘 자고 일어난 새벽에 느끼는 상쾌하고 청량한 기분이다. 모르겐프리스크.

쿵쿵거리며 코를 씰룩거린다. 수주의 살냄새, 잠옷 냄새, 이불 냄새가 섞여 있다. 내가 세상에서 제일 좋아하는 냄새다. 중독적이다. 수주와 같이 일어나는 날은 기분이 좋은 날이다. 매일이 행복하다는 뜻이다.

잠에서 깬 수주는 침대에 잠깐 멍하니 앉아 있다가 벌떡 일어난다. 그리고 부스럭부스럭 사료 포대를 꺼내어, 내 밥그릇에 한 컵을 쏟아붓는다. 그리고 할아버지와 자신의 아침 식사를 준비한다. 수주와 할아버지는 오믈렛과 사과를 먹고 나는 그 옆에서 로얄캐닌을 먹는다.

딱딱딱. 쓱쓱쓱. 모르겐프리스크 가구 공방은 오늘도 분주하다. 할아버지는 가구가 아닌 다른 것을 만들고 있다. 옆에서 나무를 재단하던 수주가 물어본다.

"할아버지, 뭐 만들고 계세요?"

"나무로 된 우주 왕복선."

"혹시 그 꼬마 주시려고요?"

"우리 나또를 구해 줬으니 감사 인사는 해야지. 자, 다 만들었다. 이 손잡이를 당기면 직접 조종할 수도 있지. 꼬마가 좋아할까?"

"물론이죠. 서랍 속에 있던 사진도 챙겨 뒀어요."

코끼리에 올라탄다. 이번에는 수주 옆에서 절대 안 떨어질 거다. 할아버지와 수주는 목재 우주 왕복선을 가지고 꼬마네 집으로 간다. 정확히 말하자면 그때 만났던 놀이터로 간다.

나는 수주의 품에 안겨 창밖의 풍경을 감상한다. 꼬마를 만나러 갈 생각을 하니 신난다. 그때 먹었던 황태의 환상적인 맛과 어마어마했던 양말 냄새가 생각난다. 그 기억을 수주와 할아버지와 같은 장소, 같은 시간에 떠올리고 있으니 무척이나 행복할 따름이다.

수주가 창문을 내린다. 수주는 내가 좋아하는 게 뭔지 제일 잘 안다. 창문 열린 코끼리에서 바람을 맞으며 세상 냄새를 맡는 시간이다.

혀를 내밀어 축 늘어뜨린다. 살랑살랑 꼬리가 흔들린다. 제법 빠른 바람이 지나간다.

코랄터틀님과 바다를 항해할 때 느낌이 떠오른다.

하루루님과 산 정상으로 올라갈 때 느낌이 떠오른다.

그레이트 이글님과 하늘을 날 때 느낌이 떠오른다.

킁킁. 콧속으로 여러 가지 냄새들이 얽혀 들어온다. 뭐든 좋다. 다시 한번 깊숙이 숨을 들이쉰다. 내가 이렇게 살아 있고, 사랑하는 수주와 같이 있다는 것이 느껴진다.

절벽에서 떨어질 때만 해도 모든 것을 내려놨다. 물에 휩쓸려 떠내려갈 때도 모든 것을 내려놨다. 서서히 숨 쉬는 게 힘들었을 때도 모든 것을 내려놨다. 하지만 운명은 나를 수주와 쉽게 떨어뜨려 놓지 않았다. 끊어지지 않는 끈으로 단단하게 엮여 있기 때문이다. 그래, 그렇지 않고서는 이렇게 다시 만날 수가 없지.

꽤나 똑똑한 강아지들만 할 수 있는 인생과 철학에 대한 생각이다. 깊은 사색에 잠겨 있는 동안 수주는 내 몸을 번쩍 들어 올린다. 뭘 하려는 거지? 설마…… 또…….

"나또! 발냄새 좀 맡아 보자. 음, 꼬순내. 너무 좋아."

느긋하게 운전하던 할아버지가 코끼리를 멈춰 세운다. 앗, 이 냄새는! 소시지와 떡이 번갈아 나오는 그 냄새가 난다. 다른 고소하고 달콤한 냄새도 솔솔 바람을 타고 다닌다. 지난번에 가족을 잃어버렸던 그 장소의 냄새와 흡사하다. 다짐한다. 앞으로 내가 잘 모르는 곳에서는 숨바꼭질 놀이를 하지 않기로.

"수주야, 나또 잘 데리고 있으렴. 화장실 다녀올게."

"네, 할아버지."

수주의 핸드폰이 울린다. 수주는 할아버지가 차에서 내려 저쪽으로 걸어가는 모습을 확인하고, 전화를 받는다.

"응, 오빠. 밥 먹었어? 응…… 나도. 보고 싶어."

수주가 평소와 다른 말투를 쓴다. 나한테 말하듯이 귀엽고 부드러운 말투다. 나 말고 누구한테 또 그러는 거야?

수주의 목에 코를 대고 냄새를 맡아 본다. 킁킁. 사랑할 때 나는 연애 세포 냄새다.

수주는 거실과 주방 불을 끈다. 빛을 내는 건 벽에 걸린 텔레비전뿐이다. 수주는 소파에 누워 몸을 깊이 묻는다. 나도 소파 위로 폴짝 뛰어 올라간다. 수주의 상체 쪽에 자리를 잡고 배를 내민다. 쓰담쓰담 해 달라는 의미이다.

안 만져 준다. 텔레비전에만 집중하고 있다. 나를 만져 달라고 앞발로 그녀의 손을 톡톡 건드린다. 안 만져 준다. 이번에는 약간 힘을 주고, 다시 툭툭 건드린다. 안 만져 준다. 조금 짜증이 난 나는 "왈!" 하고 짖는다. 그제야 수주는 배와 가슴 중간쯤 되는 부분을 살살 쓰다듬어 준다.

솔솔 잠에 빠져든다. 수주가 움직이거나 웃을 때, 텔레비전에서 큰 소리가 날 때 잠시 눈을 떠 보지만 이내 다시 잠든다. 행복하다. 이 순간이 세상에서 가장 행복한 순간이다. 오늘 밤 우리는 소파에서 잔다. 색색거리는 수주의 숨소리를 들으며.

아침이 밝았다. 루미가 했던 말이 생각난다.

'네가 그 집의 주인이야. 네가 왕이라고. 우리 같은 반려동물들을 왕으로 추앙하면서 침대 위로 모시게 되어 있어.'

사실인지 확인해 봐야겠다. 수주의 손을 부드럽게 두 번 핥는다.

"일어나, 수주."

"으음, 벌써 아침이야? 나는 이상하게 눈을 감았다 뜨면 아침일까…… 졸려."

"나를 추앙해?"

"추…… 뭐?"

"너는 나를 추앙하고 있으니까 앞으로 내가 이 집의 왕이야. 침대까지 점령했거든."

"……아침부터 뭐라는 거야."

"내 성이 뭔 줄 알아?"

"우리 가족이니까…… 나랑 같은 거 아니었어?"

"천만에. 모든 동물의 왕이자 우리집의 왕이라는 의미로 '킹'으로 하기로 했어. 킹나또."

"……마음대로 하세요."

수주가 인정했다. 루미의 말이 사실이었어.

"나 부탁이 있어."

"아음…… 뭔데."

"앞마당에 라이프베리 나무 심어 줘."

"뭐? 무슨 베리?"

"라이프베리. 세렌디피티 섬에 있는 거."

"그런 섬이 어딨어? 너 꿈꿨니?"

"하루에 한 시간만 물 위로 떠오르는 섬이 있는데 거기에 라이프베리라는 나무가 있어."

"에이, 말도 안 되는 소리 하지 마."

"진짜라니까. 바다거북이님 등에 타고 다녀왔는걸."

"강아지가 거북이 등에 탔다고? 하하하, 아이고 웃겨라. 무슨 전래동화도 아니고."

"캥거루님 배 주머니에도 들어갔었는데?"

"너 지금 나 놀리는 거지? 캥거루가 너를 왜 주머니에 넣어? 자기 새끼를 넣지. 그리고 우리나라에 캥거루가 어딨어?

동물원에 있으면 모를까."

"내 말 안 믿네? 진짜라고. 산꼭대기 낭떠러지에서 떨어질 때 독수리님이 나를 낚아채서 구해 주고 하늘 구경도 시켜 줬는데, 그것도 안 믿을 거야?"

"푸풉, 도…… 독수리가…… 독수리가 구해 줬대! 푸하하 하하."

"무슨 말을 해도 안 믿기겠지만, 비버님을 도와주다가 물살에 휩쓸려 떠내려가기도 했어. 얼마나 끔찍했다구."

"산속에 비버가 있었다고? 차라리 파란 모자 쓰고 있는 두더지라고 하면 믿을게. 맞다. 그러고 보니 두더지가 왜 모자를 쓰고 있었을까……? 아무튼, 나또야, 거북이 등에 탔다느니, 독수리랑 하늘을 날았다느니, 캥거루 배 주머니 속에 들어갔다느니 이상한 농담 그만해. 이제 잘 시간이야. 이리 와."

역시 인간들은 자기가 본 것만 믿으려는 성향이 있다. 어쩔 수 없지. 나만의 추억으로 간직해야지. 아니지. 내가 주인공이 되어 수주가 쓰는 일기처럼 기록을 해 보는 거야. 그러고 보니 아직 풀리지 않은 궁금증이 하나 있다. 바다거북이님이 말했던 진짜 보물이 뭐지? 물에 비친 건 내 얼굴뿐이었는데…… 혹시…… 나?!

수주는 집 마당 건너편에 있는 모르겐프리스크 가구 공방으로 가기 전에 머리를 묶었다가 풀었다가를 반복한다. 거울 앞에서 이리저리 보다가 긴 머리카락을 목뒤 쪽으로 넘긴다. 만족스럽지 않은 것 같다. 실망감이 전해진다. 나는 바닥에 배를 깔고 엎드려서 사랑스러운 수주의 모습을 바라본다. 그냥 다 예쁜 것 같은데.

"아, 어떡해! 묶기도 애매하고 풀기도 애매해. 나또, 머리 푼 게 예뻐, 묶은 게 예뻐?"

이런 말을 들을 때마다 난감하다. 뭐라고 해야 하지.

"난 네 모습 그대로가 좋아."

"……."

나 대답 잘한 거 맞나?

"나또, 영혼 없이 대답한다?"

"수주야, 나는 옆집에 사는 예쁜 몰티즈도 아니고, 귀여운 요크셔테리어도 아니고, 애교 많은 비숑도 아니고, 멋있는 허스키도 아니고, 그냥 길거리 댕댕이인데, 괜찮아?"

"그럼!"

"그래. 나도 수주라는 사람 자체를 사랑하는 거야."

"고마워. 감동적이다."

"솔직히 말하면…… 묶은 거 푼 거 둘 다 안 어울려. 푸풉."

"아!"

'야'라는 단어는 홀로 쓰이면, 특히 크게 소리 지르면 좋은 뜻이 아니라는 걸 알고 있다. 하지만 지금 수주의 마음속에서 사랑의 감정이 쏟아져 나오고 있음이 느껴진다. 이런 '야'라면 얼마든지 들어도 좋다.

"다음 주에 오빠가 집 앞으로 데리러 온다고 했어. 오늘 일 끝나고 귀여운 원피스 사러 갈 거야. 예쁘게 커트도 하고."

"파란 모자 청년이 우리 집에 온다고? 야호! 나도 같이 데 이트해도 돼?"

"그럴 줄 알고 루미도 같이 오라고 했지."

"커플 데이트하는 거야? 신난다!"

"아니, 넌 집에서 루미랑 놀고 있어. 난 영화도 보고 맛있는 것도 먹어야지, 헤헤. 메롱, 나또."

'나또'라는 소리에 꼬리가 흔들린다. 물어보고 싶어졌다. 당 연하다고 생각한 내 이름의 의미를.

"근데 수주, 왜 내 이름이 나또인 거야?"

"우리가 처음 만난 날 기억나? 음식점 앞에서."

"그럼. 추운 날이었잖아."

"너를 집에 데리고 오면서 뭐라고 부를까 이런저런 이름을 떠올리긴 했는데 그래도 억지로 이름을 만들고 싶진 않았어. 의미가 있고 진심을 담을 만한, 추위에 떨고 있던 너를 처음 만났을 때의 감정을 표현할 수 있는 그런 이름을 짓고 싶었지. 세 번째 날 아침에 내 품에서 자고 있던 너를 보며 이런 생각 을 했어. **'나'는 오늘 '또' 너를 사랑할 거라고.**"

끝

꼬마가 설치해 둔 안테나와 연결된 모니터에서는 꼬마의 책상 위에 있는 사진 속 남녀가 영상으로 나오고 있다. 17년 전 사진 그 모습 그대로다.

입 모양을 봐서는 약간의 시간 차이는 있지만 음성 신호도 같이 전달되어 헬멧 안쪽에 있는 스피커를 타고 나온다.

"아. 아. 치이이익. ATS 탐사팀입니다. 항공우주국과 연결이 끊긴 지 17일째입니다. 저희는 블레스티아 행성에서 무사히 연구를 진행 중임을 전달합니다. 통신이 원활하지 않더라도 주기적으로 보고드리겠습니다. 주어진 임무를 계속 수행하고 최대한 안전을 유지하며 무사히 돌아갈 수 있도록 하겠습니다. 이상. 치이이이이."

이 책의 제목 '나의 똑똑한 강아지'는 주인공 수주가 사랑하는 나또이면서 동시에 독자 여러분들이 사랑하는 모든 반려동물이기도 합니다.

언제나 저를 "나의 강아지"라고 부르셨던
나의 할머니(1930~2022),
많이, 아주 많이 보고 싶습니다.
언젠가 다시 만날 그날에도 "나의 강아지"라고 불러 주세요.

2024년 푸르름이 찬란한 여름,
송희구

나의 똑똑한 강아지

초판 1쇄 발행 2024년 7월 15일

지은이 송희구
책임편집 이정아
마케팅 이주형
일러스트 및 디자인 서이
경영지원 홍성택, 강신우, 이윤재
제작 357 제작소

펴낸이 이정아
펴낸곳 (주)서삼독
출판신고 2023년 10월 25일 제 2023-000261호
주소 서울시 마포구 월드컵북로 361, 14층
대표전화 02-6958-8659 **이메일** info@seosamdok.kr

ⓒ 송희구(저작권자와 맺은 특약에 따라 검인을 생략합니다)
ISBN 979-11-93904-08-4 (03810)

서삼독은 작가분들의 소중한 원고를 기다립니다. 주제, 분야에 제한 없이 문을 두드려주세요.
info@seosamdok.kr로 보내주시면 성실히 검토한 후 연락드리겠습니다.